一九四一年深秋，巍巍太行山。

抗日戰爭如火如荼。

日軍第三十六師團及獨立第四混成旅團，對八路軍太行軍區黎城、涉縣、武鄉、遼縣地區發動了大規模的掃蕩，妄圖捕殲八路軍總部及第一二九師機關，摧毀八路軍水腰兵工廠設施。太行區軍民對日軍掃蕩早有準備，將主力部隊化整為零，加強了遊擊縱隊的人員編制，並組成了縣、區、村三級遊擊隊，分為縣大隊，區中隊和村小隊，實施空室清野。日軍掃蕩開始即遭到八路軍遊擊縱隊的麻雀戰、地雷戰的打擊。

崇山峻嶺中的晉東南某山村。

一隊掃蕩的日偽軍衝進了這個村子，卻發現村子裏空無一人，原來鄉親們早就藏起來了。日偽軍抓不到人，便把村子點著了，火光映紅了半邊天。

離村子不遠的山坡上站著幾個人，他們並不是抗日的遊擊隊，更不是村子裏的百姓，而是路過這裏的幾個遠行者。

他們的身上都背著厚重的行囊，由於走了太遠的路，顯得非常的疲憊與倦怠，他們迫切找個地方休息。可是眼下的情形，卻不容他們有別的想法。

一個學生問道：「苗教授，我們怎麼辦？」

被稱作苗教授的，是北大考古學教授苗君儒。三天前，他和學生從晉城往邯鄲方向走，原本是計畫要走安陽的，可一聽說安陽那邊正在打仗，於是便改走長治，打算從黎城繞道過去，正當走到這個小鄉村時，遇到了這夥正在燒房子的日偽軍。

這是他第二次去邯鄲。一年前，他在邯鄲考古後寫的一份論文，引起了導師林淼申的興趣，林淼申決定帶著幾個學生前往邯鄲，以論證他的考古工作，誰知這一走就再也沒有回去。前陣子，他收到一封來自河北的信。

信是林淼申寫的，信很短，只說他們在考古回來的路上，遭遇了掃蕩的日軍。幾個學生非死即傷，幸得莫名人士相救，才得以在邯鄲城內有朋客店住下。莫名人士求他幫忙去看一件東西，說是要去好些天。有朋客店的韓掌櫃是個好人，答應幫忙照顧受傷的學生。如果他短時間內不回來，就讓韓掌櫃把信寄出。見信後速到邯鄲，把受傷的學生帶回去。

信是邯鄲城內有朋客店的韓掌櫃寄出的，從發信到他收到信，時間已經過了半年多。他當即向學校提出，求政府出面幫忙找回林教授和學生，可一個多月過去了，政府那邊回覆說，時下到處都在打仗，能夠收到信就不錯了。再說邯鄲是失陷區，政府也無能為力。

為今之計，他只有再帶上幾個學生，親自去邯鄲找回林教授。

他看了看天色，說道：「不急，等天黑之後再走！」

這一路上，他們經常遇到正在交火打仗的軍隊，也見過不少被殘殺的無辜百姓，已經記不清掩埋了多少具死難者的屍首。

天色漸漸暗下來，火光中，他們看到幾個日軍不知怎麼從村頭的一個井窖中扯出兩個人來，其中一個是五十歲上下的瘸子，另一個則是十來歲的女孩。

幾個日軍拉著那女孩往前拖，那個瘸子卻死死地拽住不放。一個軍曹拔出佩刀，一刀將那瘸子砍為兩段。

一個學生驚道：「苗教授！」

卻發現原來站在他們身邊的苗君儒，此時已經不知道去了哪裏。

女孩被幾個日軍拖到一堆玉米秸稈邊，強行扒掉褲子，那個軍曹獰笑著脫下褲子，正要撲上前去施暴，冷不防從玉米秸稈後面轉出一個人來。

兩個日軍持槍衝上前來，卻聽那人用日語說道：「混蛋！」見來人穿著中國人的服裝，說的卻是日本話，軍曹愣了一下，他知道有很多扮成中國老百姓的日本特務，在國統區替日軍蒐集各式各樣的情報，那些日本特務的軍階，隨便哪一個都比他高得多。

當下軍曹趕緊拉起褲子，客氣地說道：「請問閣下有什麼指示？」

那個人正是從山坡上下來的苗君儒，早年在日本留學時學的日語，在關鍵時候總是能派上用場。他並不搭話，而是走到那個女孩子面前，脫下身上的棉大衣遞給那女孩子，同時低聲說道：「孩子，穿上衣服跟我走！」

這個女孩子顯然是嚇壞了，身體顫抖著，縮在那裏不停地哭泣，眼中露出恐懼的目光。

苗君儒再也顧不了許多，用棉大衣裹起那女孩子，扶著她往山坡上走去。

那個軍曹似乎想到了什麼，大聲問道：「請問閣下是哪裏人，聽閣下的口音，好像是京都的！」

苗君儒當年正是在京都留的學，學的日語自然是京都的口音。他並未回答軍曹的問題，而是說道：「把你的衣服給我！」

他穿上軍曹的大衣後，接著說道：「帶著你的人趕快離開，前面的山谷裏有大批的中國軍隊！」

他想用這個假情報將這些日偽軍嚇走，可是這個軍曹聽了他的話之後，卻像打了雞血一樣興奮起來，說道：「多謝閣下的情報，我馬上通知聯隊長，立即對中國軍隊進行包圍！」

旁邊的偽軍連長忙脫下自己的棉大衣，殷勤地給軍曹披上，自己卻凍得發抖。

苗君儒擁著那個女孩子剛走了幾步，聽得一連串槍響，感覺自己的右胳膊一麻。

排槍是從他左前方的山坡上打來了，槍聲很雜，從聲音上可以判斷，有老套筒、中正式，還有三八大蓋。

那軍曹的頭部中彈，屍體重重地倒在地上。他身邊的幾個日偽軍，也是非死即傷狀態。其他日軍則迅速做出了反應，在機槍的掩護下，挺著刺刀呀呀地往上衝。

山坡上滾下來幾具屍首，槍聲也變得零碎起來。右前方的山坡上出現了幾個人影，傳來了一個學生的叫聲：「苗教授，你沒事吧？」

苗君儒還沒來得及答應，卻看到日軍的機槍手正調轉槍口瞄準那一邊，他來不及多想，已縱身撲了過去。一掌劈斷那日軍機槍手的頸骨後，用膝蓋將副機槍手的胸膛壓扁，他接著提起那挺歪把子機槍，朝往山上衝的日軍射出憤怒的子彈。

當機槍裏的子彈射完的時候，被兩個日軍一左一右地抱住，他用槍托擊碎左邊那日軍的天靈蓋，卻發現一顆冒著煙的手榴彈已經滾到了他的腳下，他丟掉機槍，抱著右邊那日軍順勢斜躺在地。

一聲悶響，他暈了過去。

當他醒來時，發覺置身於一輛顛簸的大卡車車廂內，渾身上下都是凍得硬梆梆的血塊，身邊都是一具具僵硬的日軍屍體。想必他穿著日軍的軍服，日軍收屍隊以為他是自己人，便把他的「屍體」也給收了。

他動了一下，感覺全身都痛，除了右手的傷外，左腿和肋下也有幾處傷，還好不嚴重。

夜空中掛著一輪清冷的眉月，他跳下車，抬頭看了看四周，也不知身處何地。夜風襲來，感覺一陣透骨的涼意。他緊了緊身上的大衣，辨別了一下方向，往東北方走去。

幾天前，他就對學生說過，如果路上遇到意外情況失散，就去邯鄲城內的有朋客店，那家客店的老闆姓韓，是他的朋友。他當年住在那裏的時候，還有人托韓掌櫃讓他鑒定過東西，說是從地下挖出來的，有玉器和銅器，他看過之後，都是後人仿造的東西。

他就這樣熬著疼痛，借著昏暗的月色，一腳深一腳淺的不知道走了多久，天色微明時，終於看到一座破舊的廟宇。進得廟去，找了一個乾爽一點的地方，躺下來休息了一會兒，眼角的餘光瞥見右邊的殘垣斷壁中有一塊破舊的牌匾，他仔細一看，見那塊牌匾上的字雖然模糊不清，依稀可以辨得清是「武德昭天」四個隸體大字。

從那幾個字上可以看出這是一座人神廟，可是廟裏的主神像位是空著的，只有旁邊幾座缺胳膊少腿的泥塑神像，也不知這廟是替什麼人立的。

天色大亮之後，他走出破廟，想找點吃的東西。走了一夜的山路，肚子早就餓壞了。當他站在廟門口，看到面前山谷兩側那龍盤虎踞的山勢和上空漂浮著的那朵七彩祥雲時，暗驚道：好一處藏風聚氣的風水寶地，若有人葬於谷內的正穴上，後代當出皇帝。

他見谷口右側的草叢中似有一塊石碑，想上前看個究竟，可走了幾步，頓覺眼冒金星，迷糊間，覺得身後走來了幾個人。

第一章

奇怪的村子

「有女不嫁抬棺村，好男不走抬棺道」，
自古以來，抬棺村的人極少與外面的人交往，
而外面的人也非常忌憚抬棺村，
遇上抬棺村的人，似乎就沾上了晦氣。

村子並不大，只有二十幾戶人家。

村名叫「抬棺」，除了從別的地方嫁來的女人外，村子裏的其他人都姓「守」。

好奇怪的村名，好奇怪的姓。

黃昏。

升起的炊煙在山谷間繚繞，遠近的山巒如處女般披上了一層薄紗，使大自然的魅力越發朦朧起來。

兩個人坐在村頭老槐樹下的大磐石上，夕陽無力地照在他們的身上，映射出一種七彩斑斕的光暈。

「你是從哪裏來的？」

「重慶！」

「重慶是哪裏？很遠嗎？」

「是的，很遠！」

「很遠是多遠，要走三天三夜嗎？」

「我從那裏到這裏，走了兩個多月！」

「你能帶我去那裏玩吧？」

「等我把事辦完了，只要你的家人同意，就帶你去！」

「你為什麼會到皇帝谷哪裏去？」

「我不知道那是皇帝谷，是晚上不小心走到那裏去的！」

「那你要去哪裏呢？」

「邯鄲城！」

「邯鄲離我們這裏很遠，是不是？」

「是的！」

「我從小就聽人說，皇帝谷裏有鬼，你看到鬼沒有？」

「沒有！」

「人死了之後不是會變成鬼的嗎？」

「不會，人死了只會變成泥土！」

「俺家隔壁的大奎，是村裏膽子最大的，去年和別人打賭，晚上去皇帝谷裏，結果就瘋了！四嬸說他是被鬼嚇瘋的，招了兩次魂都沒用。」

「其實鬼在人的心裏！」

「可是俺們村西頭的亂葬崗，經常看得到鬼火，有時候鬼火還對著人追呢！」

「那是磷火。你還小，不會懂的，等你長大了，多讀書就知道了。」

「可是老半仙說，俺們村子的風水不好，出不了讀書人！男人只能砍柴耕地，女的只要能生娃就行！俺們村裏就數老半仙識幾個字，他死後，沒人能看得懂他家的那本書！你昨天教俺的那幾個字，俺今天就忘了。」說話的是一個十歲左右，手裏拿著一根丈把長黑色繩索的少年。一般的孩子放羊，手裏都拿著趕羊鞭，他的趕羊鞭就是那根繩索。他說只需把繩索甩出去，頭羊不亂跑，其他羊都不會亂跑了。

坐在少年對面的，是穿著一身土布棉褂的苗君儒，他的右手受了傷，已經包紮好了，用一根帶子吊在胸前。

少年說的大奎，今年上春在日本鬼子掃蕩的時候，由於沒來得及跟大夥逃上山，被鬼子抓到砍了頭，就掛在村口的這棵老槐樹上。和大奎一同被鬼子殺掉的，還有老半仙。據村裏人說，老半仙已經隨大夥上了山，可掛念著家裏的那本書，想回來拿書，結果被鬼子撞上了。

老半仙死得很慘，下半身被村西頭那碾麥子的大石滾子給碾碎了，活活痛死的，臨死的時候，手裏還抓著一頁紙，就是從那本書上扯下來的。

「醜蛋！跟客人胡咧咧什麼？還不快去把羊趕回家，等著讓狼把羊吃了？」

喊話的是五十多歲的男人，醬紫色的臉龐上溝壑縱橫，無情的歲月使他看上去比實際年齡要老十幾歲。

苗君儒認得這個男人，是昨天和另外兩個壯小夥把他從皇帝谷那邊抬回來的。村裏的人都叫他老蠢，他的大名叫守春，是村裏的族長。村裏的每一個男人從小就有外號，既通俗易懂又顯得親切，那是祖宗傳下來的規矩，誰都改變不了的。

聽到老蠢的叫聲，醜蛋跳下大磐石，緊捏著那根繩索腳下生風，幾步就竄得沒影了。老蠢望著醜蛋的背影，說道：「這孩子是從山上撿來的，撿來的時候還不滿半歲，唉，作孽呀！」

他的身後跟著三個人，其中一個身上穿著打了幾處補丁的灰軍裝，頭上戴著兩粒鈕扣的軍帽，斜挎著一把盒子槍；另兩個的穿著與村裏的人一樣，只是肩膀上背著漢陽造。

老蠶來到苗君儒面前，說道：「客人，這是崔幹事！」

崔幹事走到離苗君儒兩三米遠的地方站定，上下打量著他。過了片刻才問道：「你為什麼來這裏？」

苗君儒說道：「路過！」

崔幹事接著問：「你是幹什麼的？」

苗君儒點頭：「我叫苗君儒，是北大的考古學教授！『七七事變』之後，學校就從北京搬到重慶了！我和幾個學生前往邯鄲考古，在路上遇到一夥日偽軍，我引開日偽軍之後，就和學生們失散了。」

崔幹事乾咳了一聲：「你說你是考古學教授，誰能夠證明？」

苗君儒說道：「邯鄲城內的有朋客店的老闆，他知道我是誰。前年我住在他那裏時，還幫他鑒定過一個元代的青花瓷瓶。」

崔幹事問道：「那你身上的槍傷是怎麼回事？」

苗君儒說道：「為了救一個孩子，被日本人打的！」

崔幹事繼續問道：「那你身上怎麼穿著日本鬼子的軍大衣？」

苗君儒說道：「是我從日本人那裏騙來的！」

崔幹事冷笑道：「一派胡言！」

苗君儒說道：「我憑什麼要騙你？」

崔幹事正色道：「就憑你剛才說過的話，這兵荒馬亂的，連命都保不住了，還有什麼心思考什麼古。誰有本事可以騙一件日本軍官的軍大衣穿？我看你一定是溜進我們根據地來打探情報的奸細，來人，把他捆起來！」

苗君儒並沒有掙扎，任由那兩個小夥子把他捆起來。其實論他的身手，即使身上有傷，就是再來幾個壯小夥，也不是他的對手。

他被捆起來後推著往村西頭走，一路上引來不少村民的觀看，但是他們眼中的表情大都是木然的，隱隱有一絲憐憫。

村西頭的亂葬崗，那高低不平的墳堆上的蘆葦，在秋風中瑟瑟發抖。有些墳墓被野狗刨開，骸骨凌亂地散落於草叢中。

一棵老枯樹下，兩個村民已經用鋤頭打了一個墓穴，旁邊還放著一張破草席。

苗君儒面朝前方剛站定，就聽到身後傳來拉動槍栓的聲音。他轉身叫道：「慢著！如果你認為我是漢奸，大可把我先關起來，待弄明白我的身分後再槍斃我也不遲！」

崔幹事抬頭看了看天邊落日的餘暉，懶洋洋地說道：「在這裏我說了算，我說你是漢奸，你就是漢奸。我可沒功夫去弄明白你的身分，再說，把你關起來還要管你的飯，我們自己都吃不飽了，還要養你一個閒人？」

他舉起手，用一種近乎歇斯底里的聲音叫道：「開槍！」

就在這時，遠處傳來急促的馬蹄聲，一個聲音如天雷般滾來：「住手！」

苗君儒抬頭望去，見兩匹馬從村內急馳過來。馬到跟前，從馬上跳下來一個四十多歲，濃眉大眼的壯漢，拉著苗君儒說道：「苗教授，讓你受委屈了！」

這個壯漢解開苗君儒身上的繩索，對旁邊的崔幹事說道：「你怎麼老是犯這樣的錯誤，上次錯殺了一個從淮北過來的補鍋匠，還沒有對你進行處分，今天要不是我及時趕到，險些釀成大錯！」

崔幹事此時臉色煞白，低著頭一聲不吭，剛才的那股狂勁不知道去了哪裏。

壯漢對苗君儒說道：「苗教授，你好，我是晉皖邊區游擊縱隊司令蕭三元。前天晚上發生的事情，我聽說了，那幾個從重慶過來的學生在我那裏，他們都很好。他們說你被日本人抓走了，我們派人進了城，得知你並沒有被日本人抓走。

這兩天，你的學生和我的人都在這一帶找你，後來我聽說這邊抓到一個奸細，懷疑是你，於是就趕過來了。」

苗君儒淡淡地說道：「還好你來得及時，要不然得替我收屍！那個女孩子沒事吧？」

蕭三元緊緊握著苗君儒的手，說道：「謝謝你，苗教授！」

蕭三元身後的警衛員說道：「你救的是我們司令的女兒！」

苗君儒只是「哦」了一聲，在他的心裏，不管那個女孩是什麼人的女兒，作為一個中國人，在那種情況下，都會挺身去救的！

蕭三元說道：「苗教授，我這就帶你去見你的學生，如果你需要我們遊擊隊幫忙的，儘管開口！」

苗君儒說道：「讓他們來這裏吧。蕭司令，我沒有需要你們幫忙的了，只希望你們多殺幾個日本人，保護老百姓！熬到民國三十四年，日本人就該回去了！」

蕭三元一愣，問道：「苗教授，你怎麼知道日本鬼子在四五年會回去？」

苗君儒說道：「我懂一些玄學方面的常識，《推背圖》第三十九象上面有預示。」

蕭三元又是一愣，問道：「《推背圖》是什麼東西？算命的麼？」

聽蕭三元這麼說，苗君儒只得說道：「蕭司令，有空我再和你探討！」

蕭三元也知道與苗君儒這種知識份子沒有共同語言，他扭頭對崔幹事命令道：「你要全力保護苗君儒的安全！」

崔幹事一副極不情願的樣子，挺起乾癟的胸脯，大聲說了一聲：「是！」

蕭三元朝苗君儒笑了笑，上馬飛馳而去。時下日軍大舉進攻根據地，他還有很多事要去做。

崔幹事看著蕭三元的身影消失在村頭的拐彎處，回頭對苗君儒說道：「苗教授，你真的看懂了《推背圖》，日本人會在民國三十四年投降？」

苗君儒看著他，說道：「第三十九象圖畫上是：山上站著一隻鳥，一輪太陽升起。讖言：鳥無足，山有月，旭初升，人都哭。頌曰：十二月中氣不和，南山有雀北山羅，一朝聽得金雞叫，大海沉沉日已過。金聖歎批言：此象疑一外夷擾亂中原，必至雞年始得平也。」

夜幕降臨，村裏有人舉了火把過來。

崔幹事有些興奮地說道：「苗教授，看來我們兩個人有共同語言。蕭司令是個粗人，大字不識幾個，他懂什麼？走，苗教授，我們邊走邊說！」

幾個人一齊往村內走去，崔幹事走在苗君儒的身邊，他接著說道：「其實玄學的這種東西，並不是每個人都能懂的，要靠悟性！金老先生對這一卦象猜得很準。正是日軍侵華之象呢！『鳥無足，山有月』是個『島』字。插圖中鳥在山上，也暗示一個『島』字，島國作亂也。『旭初升，人都哭』，日本人軍旗就是一個太陽，中國人碰上日本人，哪有不哭的道理？還有那一句『十二月中氣不和』，十二個月的中間為農曆六月，即西曆七月，『盧溝橋事變』就是發生在七月呀！而『南山有雀北山羅』，雀乃精衛鳥也，暗示南京汪偽政府。羅乃東北愛新覺羅氏的偽滿州國。南面有日本人扶植的汪偽政權，北面有日本人扶植的偽滿州國政權。至於『一朝聽得金雞叫，大海沉沉日已過』，就是苗教授你剛才說的民國三十四年，就是一九四五年，四五年是雞年，日本一到了雞年，就完蛋了。我說得對吧？」

苗君儒早就聽說共產黨遊擊隊裏面藏龍臥虎，想不到今日一見，還真有這麼一位。除非是專門研究玄學的人，縱然是一般的大學教授，也不見得能解釋得出

《推背圖》裏面的偈語。

兩人有一句沒一句地搭起話來，走到守春家門口時，他才弄明白崔幹事的身分。原來崔幹事的全名叫崔得金，淮北那邊人，父親是當地有名的風水先生，從小受父親的影響，略通風水堪輿和玄學那一塊的知識，畢業於合肥師範學院，在淮北一所中學裏教書，日軍攻下淮北時，老婆和孩子都死於戰火，一氣之下投筆從戎，參加了遊擊隊。

守春站在門口，好像在迎接苗君儒的回來。門欄邊上插著一根松枝火把，照著他那張窘迫的臉。

苗君儒走上台階的時候，崔得金突然拉住他，在他耳邊輕聲說道：「我知道你為什麼不願意跟蕭司令走，那是因為你看上了山谷裏面的東西！」

苗君儒愣了一愣，正要說話，卻見崔得金用一種奇怪的眼神看著他，微笑著轉身走了。望著對方的背影，他覺得此人有些不可捉摸。

晚飯是山藥蛋和苞米飯，還有燻孢子肉，那是守春去年上春在山那邊的山梁上打來的。

吃過晚飯，苗君儒就躺下了，按照他的想法，他那幾個學生第二天就能趕到這裏。

太行山脈，大大小小的山谷多不勝數，每個山谷都有每個山谷的特色，但不是每個山谷都有名字的。

據說，皇帝谷是呈葫蘆形的，口子小裏面大，但是裏面到底有多大，裏面究竟怎麼樣，則沒有人能夠說得清。

因為千百年來，進去裏面的人不是失蹤，就是變成瘋子，所以沒有人敢進去。

據說裏面葬了一個皇帝，究竟是哪朝哪代的皇帝，也沒有人能夠說得清，反正年代很久遠。有關皇帝谷裏面的傳說，都是村裏的老輩人一代一代地傳下來的。

那是很久很久以前，有一個大將軍為了追一隻被箭射中的獐子，獨自一個人誤入了那個山谷，大將軍在山谷中轉了三天三夜，都轉不出來，後來餓暈在一棵樹下。當他醒來之後，發現面前有一堆野果子，還站著一個白鬍子老人，白鬍子老人說完出山谷的路之後，就不見了。大將軍吃了野果子，照著白鬍子老人說的路走，果然走出了山谷。還有一次，大將軍和部下被敵軍重重圍困半年之久，內無糧草外無援兵，眼看全軍覆沒。情急之下，大將軍率領軍隊躲進了山谷，靠著山谷內的野果子苦熬了兩個月，而後兵出山谷，打了對手一個措手不及，最終扭轉了戰局。後來大將軍當了皇帝，秘密派人在山谷內修建陵墓，陵墓修成之後，為了防止消息外泄，將所有修建陵墓的人殺死在山谷內。皇帝擔心陵墓被挖，所以在歸天後連續三天抬棺出城安葬，並設了七十二座疑塚。

這個傳說是苗君儒在醒來之後，聽醜蛋說的。歷史上與這個傳說能夠扯得上關係的人，除了魏武帝曹操外，再也找不出第二個。即便曹操生前並未稱帝，但實際上，大權獨攬的他與皇帝並沒有多大的區別，所欠缺的只不過是一道儀式和一個稱號而已。

令苗君儒感到驚奇的，不是曹操的真墓有可能在皇帝谷中，而是這個叫抬棺的村子。村子座落於晉東南的莽莽大山中，所說卻不是當地的方言，而是遠於千里之外的安徽亳州方言。

醜蛋並沒有上過學，但是他用木炭在石頭上寫的「風、水、龍、穴」幾個字，卻是漢代的隸書，筆法莊重，古樸而自然，頗有書法大師的風範。他說村裏的人就只有他會寫字，是死去的老半仙教給他的。

第二天一大早起來，苗君儒並沒有見到醜蛋，可能是上山放羊去了。守春正在用大掃把掃院子，他走過去，想和守春說說話，聊聊這個村子和山谷那邊的故事，可守春只顧低著頭掃地，偶爾抬頭應一聲，眼神充滿畏懼，不敢多說。

他活動了一下手，感覺比昨天好多了，子彈只要沒有傷到筋骨，就沒什麼大礙。那天他在小廟前，主要是連累帶餓，才暈倒的。

他獨自一人來到村口，見昨天醜蛋在石頭上寫的那幾個字已經被擦去。他站在石頭上，朝四周的山坡看了看，仍看不見醜蛋。當他的目光望向皇帝谷那邊時，微微一驚，見山谷上空漂浮著一塊山羊形狀的五色祥雲，

曹操出生於西元一五五年，西元二二〇年病逝於洛陽，終年六十六歲。西元一五五年是乙未年，即羊年，曹操屬羊。

按命理的說法，屬羊人具備高貴迷人、有藝術氣質，喜歡大自然、生性多疑、喜歡受人注意等等特性。曹操的一生，都符合這些特性。

生肖屬相與陰陽五行所配位，任何同一生肖都有五種類型，即同種生肖屬相各有五種不同的五行屬性。乙未年為金羊，癸未年為木羊，丁未為水羊，己未年

為火羊，辛未年為土羊。

「金木水火土」這五行中，曹操是為金羊。

在三國時，曹操還有另外兩個對手，即劉備與孫權。

劉備生於西元一六一年。辛丑年，屬牛。

乙丑年為金牛，癸丑年為木牛，丁丑年為水牛，己丑年為火牛，辛丑年為土牛。劉備的五行屬相為土牛。

孫權生於西元一八二年，壬戌年，屬狗。

庚戌年為金狗，戊戌年為木狗，壬戌年為水狗，甲戌年為火狗，丙戌年為土狗。孫權的五行屬相為水狗。

五行有相生相剋的基本規律，相生之為：金生水，水生木，木生火，火生土，土生金。相克之道為：金克木，木克土，土克水，水克火，火克金。

曹操是金命，一生懼火，也不敢玩火。打劉備時被諸葛亮用火燒，攻東吳時也被火燒。

曹操的人生格言是：寧教我負天下人，莫叫天下人負我。

因為他生性多疑，有時候會濫殺無辜，比如殺呂伯奢全家，就是因為呂家人要殺豬招待曹操，被他誤會而滅呂門。陳宮因此離開曹操，稱其為「操賊」。陳宮最後也是被曹操所殺。就是這樣一個多疑的為了自己集團利益的奸雄，在幾次都與劉備共事的過程中，卻從來不主動去傷害劉備。按理說，曹操已經明白，除去江東的孫權外，能夠跟自己爭奪天下的人只有劉備一人。而此時的劉備，完全在他的掌控之中，殺劉備就像殺隻雞一樣容易；但是，曹操仍然並沒有加害劉備的意思。

曹操手下的謀臣那麼多，精通玄學的大有人在，按陰陽五行的說法：土生金。

即劉備在五行上是「旺」曹操的。

但在命理上，曹操與劉備是相衝突的，即牛羊合不來（牛羊鬥）。所以曹操與劉備兩人，一生都在爭鬥。

再來看劉備和孫權，在五行上：土克水。劉備借荊州不還，強吞下東吳的重鎮，是土克水。

雖然土（劉備）生金（曹操），但是，因為金生水，所以曹操的五行又是旺孫權的。故而在曹操的幫助下，孫權殺關羽，奪荊州，火燒四十里蜀營，大敗劉備。

從五行上看，劉備旺曹操，曹操旺孫權，劉備克孫權，孫權克曹操。

曹操肯定懂得陰陽五行相生相剋之理，對於一個能夠幫助自己擴大事業的人，他怎麼肯殺呢？

苗君儒想到這裏，不禁微微皺起了眉頭。山谷上空的那朵五彩祥雲，在風水堪輿中，稱之為天子雲。他雖沒有進去山谷，看裏面的地形，可從周圍的山勢看，數條山形都向山谷集中，乃群龍朝聖之像。而且左高右低，青龍白虎山勢雄峻，對面朝案之山三起三落，加之天子雲籠罩，應該有一個上等龍穴。

可是，若曹操葬在龍穴中，可保其後代十世為帝，但實際上，從曹丕代漢稱帝開始，到司馬昭殺害曹髦篡魏，即便把曹操連同西晉追封的魏元帝曹奐算在內，曹魏才經歷了六個皇帝。

這是怎麼回事？

只有兩點可以懷疑，其一、葬在山谷裏面的人不是曹操；其二、沒有葬正穴位，或是落葬的時間出現差池。

據史料稱，建安二十三年（西元二一八年），曹操可能是預感到自己壽數將盡，特地頒佈了一道《終令》，安排身後之事，因他對鄴城有著特殊的感情，敬仰西門豹在鄴地投巫開渠的英明果決，他希望自己的墓地與西門豹祠比鄰。

不久，曹操病逝於洛陽，臨終前他留下《遺令》：「殮以時服，葬於鄴之西岡，與西門豹祠相近。無藏金玉珍寶。」魏文帝曹丕遵照曹操的遺囑，將其遺體運回鄴地安葬。

但據民間的說法，曹操出殯之日，四門皆出棺槨，分葬於數十座早已經準備好的墓穴內。曹操七十二疑塚，自此起始傳天下。

「漳河累累漳水頭，如山七十二高丘」。曹操墓七十二疑塚的說法在宋代以後進一步強化。宋代後期，宋金對峙，宋朝出於政治需要，以蜀漢自居，謾罵金朝為奪權竊國的曹魏。金朝乾脆就以曹魏為正統，推崇曹操，每年到陵上祭祀曹操。但因曹操陵在地面上已經難以辨認，於是，金人也就將錯就錯，就以七十二塚為曹操的墓葬祭奠之。

到了元代，人們對軟弱慘遭滅亡的宋王朝既同情又懷念，同時對元朝異族統治極度不滿，於是借古諷今，更加醜化曹操的形象。元末羅貫中寫《三國志通俗演義》時，也是秉承了這種思想。清代毛宗崗根據陶宗儀的《輟耕錄》等數據，在《三國志通俗演義》中加入了「又遺命於彰德府講武城外，設立疑塚七十二：『勿令後人知吾葬處，恐為人所發掘故也』」的句子來。從此以後，漳河岸邊的北朝墓地也就被傳成了曹操的七十二疑塚了。

小說家之言雖然近於荒誕，但曹操生性多疑卻是史實。早年曹操起兵的時候，由於軍餉不足，便設立了「發丘中郎將」、「摸金校尉」等軍銜，專司盜墓取財，貼補軍用。

《水經注疏》記載：「操發兵入碭，發梁孝王塚，破棺，收金室數萬斤。」

曹操擁兵百萬，征戰那麼多年，其軍費開支之大，又豈是挖掘幾座陵墓所能夠的？所以在曹操的有生之年，究竟挖了多少陵墓，恐怕連他自己都算不過來。

試想一個生性多疑的人，在生前挖了那麼多人的陵墓，死後肯定也怕別人來挖他。所以，曹操七十二疑塚之說也是有一定道理的。

雖然曹操生前立下遺囑「儉葬」，可是他一死，恐怕就由不得他了。身為兒子的魏文帝曹丕，再怎麼著，也不可能讓老爹在九泉之下窮得叮噹響。

研究歷史的人都知道，曹操生前並不節儉，每次賞賜有功之臣，也是從來不含糊的，這就是為什麼曹操為人奸詐，但卻有那麼多謀臣良將為他賣命的原因。

一個生前不節儉的人，又何以高調地提出死後「儉葬」呢？那就只有一種解釋，告訴天下的盜墓賊們，我的墳墓裏沒有值錢的東西，別來挖了。

像曹操這種踩著別人的頭顱爬到權力頂峰的人，其仇家之多，肯定也是數不過來的。那些想要報仇的人，在仇人已死的情況下，唯一能夠發洩怨恨的最佳手段，就是掘墳開棺戮屍。

當然，像曹操那麼聰明的人，自然是不會讓人掘墳開棺戮屍的。所以，曹操一面提倡「儉葬」，一面秘密安排諸多疑塚，讓那些想挖他墳的人，挖來挖去都挖不到他的真墳。

事實證明了曹操的精明，才幾十年的時間，司馬氏篡奪了曹魏的天下，朝中對曹操有宿怨的大臣們聯合起來，四處尋找曹操的真墳，想把他開棺戮屍，以謝天下。可這些人挖遍了七十二座疑塚，就是沒有找到真正的墓葬所在。

不過，有民間傳說，那些人在一個白髮老頭的幫助下，於洛陽以西的堤旁鑿穴，深入洛水河床之下，終於找到了曹操的真墳。士兵們進入墓室，將金銀財寶一掃而空，又把曹操的屍體搬出，剁成碎塊，甩入河中餵了烏龜。最後，官員們吩咐請出白頭老人，準備給他官做，可是老頭消失了，像是神仙一樣無影無蹤。

官員們後來經過多方打探，才知道老頭之所以曉得曹操的墓地所在，是因為他是黃巾起義張角三兄弟的後人。

曹操是以鎮壓黃巾起義發的家，當年，張角在廣宗病死，黃巾起義失敗。參加黃巾起義的將領們，為了保護自己領袖的屍骨，在鄰近的縣埋了許多假墓碑，欺騙官軍。官兵們找遍了方圓三百里地面，挖遍了幾十座立有「大賢良師」的張角墳，也沒有找到張角的屍體。只有曹操不肯善罷甘休，他依靠手下的摸金校尉，終於得知了張角真墓的秘密。於是，他親自帶領兵馬開赴張角的老家巨鹿郡內，在老漳河邊鑿穴探墓，終於在深深的河床下找到了張角的墓室。

曹操由此深受啟發，生前秘密派人在洛河水下秘造墓室，又把參與修墓的人全部殺掉，想躲過後人的懲罰。可是，善惡到頭終有報，張角兄弟的後人就猜透了曹操的詭計，為自己的祖宗報了仇。

傳說終歸是傳說，無非是宣揚人世間「善有善報惡有惡報」的大道理，是世人的美好願望而已。

張角三兄弟雖死，但是他們所得到的《太平經》，並沒有失傳。

民國十二年，苗君儒曾經遇上為袁世凱算過命的李大嘴，李大嘴外號「李半仙」，以看相算卦為生，但其主要是看風水。李大嘴不虧是玄學的高人，一見面就說出了苗君儒的身分，並且說他是當世奇人，這一生將有多次奇遇，只可惜與女人有緣無份，註定孤獨。

與李大嘴暢談了一番之後，他對玄學產生了濃厚的興趣。子曰：三人行，必有我師。當夜，他住在李大嘴家中，想拜李大嘴為師，可李大嘴堅持不肯收他這個徒弟，說他命硬，兩人沒有師徒之緣。言外之意，若是收了他，李大嘴會折壽。

他並沒有勉強，只虛心地向李大嘴請教一些玄學方面的問題。兩人談到風水堪輿上，李大嘴拿出幾頁紙來，是隋代版本的《太平經》，神秘兮兮地說：唐代楊筠松所寫的《疑龍經》與《撼龍經》，就是根據《太平經》的殘本所著的，他只憑這幾頁紙，就能替人看風水，要是有一整本書，就成為參透玄機的大師了。他還說，替馮國璋看過風水的郭陰陽（苗君儒與郭陰陽的故事，請詳見拙作《帝胄龍脈》），想拿檀香紙版的《疑龍經》，跟他換這幾頁紙，他硬是不答應。

苗君儒問李大嘴，這幾頁《太平經》是怎麼得來的，他說是先師臨死前所贈，至於先師是誰，他就不肯說了。

苗君儒從李大嘴那裏，學了不少風水堪輿的知識，對他的考古研究有很大的幫助。即便發現一座帝王陵墓，也可以從山形與墓葬朝向上，大致看出墓葬內部的結構，選準地方挖掘下去，可以儘快地挖到主墓室，而不需像以前那樣，將整座墓葬挖開，費工又費時。

「苗教授，你在看什麼？」一個聲音從苗君儒的身後傳來，他回頭一看，見是崔得金。

崔得金仍穿著昨天的衣服，斜挎著手槍，腰間紮著皮帶，與昨天不同的是，腳上穿著一雙黃色的皮靴，不再是棉布鞋。

他把腳在地上用力踩了幾下，有些興奮地說：「這皮鞋穿著就是舒服。」他見苗君儒不說話，接著說道：「苗教授，昨天晚上蕭司令和日本鬼子打了一戰，這雙鞋子是蕭司令派人送來的戰利品。隊伍緊急轉移了，鬼子封了山，你的那幾個學生可能暫時來不了。沒事，你多住些天，等他們就是！」

既然學生們因為戰事來不了，苗君儒只得耐心地在這裏等下去，何況他手上的傷沒好，去哪裏都不方便，倒不如在這裏休養。

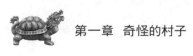

崔得金走到苗君儒身邊，望著對面山谷上方的五色祥雲，說道：「我剛來的時候，也覺得很奇怪，村名叫『抬棺』，村裏的人都姓守，那朵天子雲下面就是皇帝谷，村裏的人說，山谷裏葬了一個皇帝。每年的正月二十三，他們都會到谷口去祭拜。我查過了，曹操的忌辰是二二〇年三月十五日，正是正月二十三。你說，葬在皇帝谷裏的，會不會就是他老人家？」

苗君儒問道：「你來這裏多久了？」

崔得金如實說道：「一年多！」

苗君儒問道：「這一年多，你在這裏做什麼？」

崔得金說道：「那是我的工作，不需要告訴你吧？」

苗君儒淡淡地說道：「既然你這麼說，我們沒什麼好談的，你忙去吧！」

崔得金訕訕地說道：「你可不要亂跑，蕭司令叫我負責保護你安全的。這周圍經常有鬼子和漢奸，還有幾夥土匪。只要你不離開村子就沒事！」

苗君儒看著崔得金離去的背影，覺得這個人的言行與常人不同，感覺有些怪怪的，可又說不出到底怪在哪裏。

抬棺村子並不大，從地理位置上看，沒有一點戰略價值。村子裏的人不多，也不太喜歡和外界的人打交道。

「有女不嫁抬棺村，好男不走抬棺道」，自古以來，抬棺村的人極少與外面的人交往，而外面的人也非常忌憚抬棺村，遇上抬棺村的人，似乎就沾上了晦氣。

抬棺村的男人要想娶婆娘，都是花錢去外面的貧苦人家買回來的。而本村的女人，也都嫁給本村的男人。雖說有一條與外界連通的牛車道，可一年到頭都沒幾個人走。

抬棺村和皇帝谷成了人們心目中的禁地，若非抗日局勢的需要，八路軍也不會派人到村子裏去。

從三十八年到四十年這三年間，八路軍派到村子裏的工作隊或者小股駐軍，不是喪心病狂地胡亂開槍或者自殺，就是變成瘋子。前前後後損失上百人，查來查去都查不出是什麼原因，直到派來了崔德金。

一個懂風水堪輿的人，在這地方待了一年多，究竟是為什麼呢？

正想著，從村西頭傳來一聲女人歇斯底里的尖嚎。

第二章

奇蹟癒合的傷疤

苗君儒在醜蛋的手臂上割開一小口，滴了兩滴血，
那傷口奇蹟般的癒合了，連個傷疤都看不到。
他微微一愣，這次故意把傷口割大一點，
滴了幾滴血後，傷口同樣癒合，連個傷疤都沒有。

苗君儒來到抬棺村才兩三天，對村裏的情況不熟，除了守春和醜蛋外，其他人一個都不認得。但是村裏的所有人都認得他，都與他保持著一定的距離。他聽醜蛋說過，守春原有兩個兒子和一個女兒的，大的叫守金，小的叫守銀。前年來了一夥人，殺人燒房子，把守春的老婆殺了，守金和守銀離開了村子，再也沒有回來。

醜蛋的家就在村西的最頭上，用石頭壘成的那一間。昨天傍晚，他被崔幹事綁著要去槍斃時，經過那裏看到一個穿著邋裏邋遢的衣服，望著他傻笑的老女人，就是醜蛋的娘。

醜蛋的爹和妹妹也是那一次死的，現在家裏只剩下醜蛋和經常發瘋的娘。聽到那一聲尖嚎，他的內心沒來由地一抽，拔腿朝村西頭跑去。

石屋前圍了不少村民，醜蛋的娘癱坐在屋前的台階上，鼻涕眼淚地哭嚎著，屋子前面圍了不少村民。守春的手裏捏著一張紙，不斷發出歎息。他見苗君儒走過來，忙上前說道：「你看看，你看看，這上面寫著什麼？」

苗君儒接過一看，見這張草紙上用木炭寫著：拿三袋糧食和五十塊現大洋，今晚酉時之前送到十八里盤的大樟樹下，逾期人頭伺候。下面畫著一個骷髏頭。

守春說道：「除了醜蛋之外，村裏還不見了兩個上山砍柴的。這張紙就放在村西頭你昨天差點被埋的地方，是醜蛋娘發現的，上面還有一件醜蛋的衣裳。你說這上面都寫的是啥？」

苗君儒說道：「要你們今晚酉時之前，拿三袋糧食和五十塊現大洋，去十八里盤的大樟樹下換人。」

守春說道：「這麼說，他們是被土匪綁了票了？讓我們拿東西去換人？」

苗君儒點了點頭。這年頭，土匪綁票的事情實在太多，土匪要的是錢和糧食，只要保證把錢和糧食送過去，人就沒事。

守春為難地說道：「三袋糧食，村裏倒還有，可是那大洋，村子裏確實連一塊都拿不出來。」

苗君儒問道：「那你們從山外面買媳婦，用的是什麼？」

守春說道：「糧食，山羊，另外加一點金子！」

苗君儒笑道：「有金子就成，金子能換大洋。照眼下的行情看，一兩金子能換二十到三十塊大洋呢！」

守春說道：「祖宗傳下的規矩，金子只能用來娶媳婦。」

苗君儒火了，罵道：「人都要死了，還留金子做什麼？」

崔得金從人群中走出來，將苗君儒手裏的那張紙拿過去看了看，罵道：「又是這個傢伙，怎麼敲詐起老百姓來了！」

苗君儒問道：「你認識他？」

崔得金說道：「下面這個骷髏頭是山外一股土匪的標識，當家的叫李大腦袋，窮人出身，手下有好幾十號人，平常他們只綁地主老財的肉票，也打鬼子和漢奸。蕭司令幾次想收編他們，可他就是不答應。這陣子鬼子掃蕩得厲害，估計他們在山外待不下去了，才逃到山裏來的。這事既然被我遇上了，我可不能不管！」

苗君儒問道：「你想怎麼管？」

崔得金說道：「我是八路軍，我去見他們，對他們曉以民族大義，勸他們不要為難老百姓，把人給放回來。」

苗君儒說道：「你不是說鬼子掃蕩得很厲害麼？他們這麼做，也是沒有辦法的辦法。都快餓死了，誰管什麼民族大義呀？」

崔得金的臉色變得很難看，問道：「那你說該怎麼辦？」

苗君儒說道：「還能怎麼辦？拿糧食換人呀！」

崔得金問道：「就算這一次拿糧食把人換回來了，可他們下一次還要，那怎麼辦？」

苗君儒說道：「我們可以跟他們說，村裏就這點糧食，都給他們了。土匪也是人，他們可以去別的地方想辦法。」

崔得金說道：「那好吧，我和你帶糧食去換人，你對他們說吧！」

守春很快叫人裝了三袋糧食，拿出一小塊金子遞給苗君儒，低聲說：「糧食可真的不多，金子倒還有一點，你要真能把人救回來，我也給你一塊！」

苗君儒掂量了手裏的金塊，約莫有二三兩重，就這麼一個大山溝裏的小村子，居然能拿得出這麼多黃金，要真讓土匪知道，還不直接來搶呀？當下說道：「我儘量把人帶回來！」

三袋糧食就放在驢車上，崔得金想往裏面塞一隻長槍，被苗君儒制止住了。

崔得金叫道：「跟土匪打交道，得防著點！」

苗君儒說道：「我們是帶著誠心去的，連你身上的那支槍也得留下！如果沒有膽量，我勸你還是不要去了。」

崔得金解下身上的盒子槍，大聲道：「槍林彈雨我都鑽過，還怕了那幾個土匪不成？走！」

兩個人趕著驢車，朝山外的十八里盤走去。

十八里盤是一道陡坡的名字，上下十八里，距離抬棺村有二十幾里山路，山路沿著山腰轉悠，一側靠山，另是一側深不見底的山溝。對於抬棺村而言，翻過十八里盤就是山外了。村裏有兩個媳婦，就是從十八里盤外的地方買來的。

大樟樹就在十八里盤的最頂上，苗君儒和崔得金趕到樟樹底，已經是午後了，可離酉時還早，這一路上，他們誰都沒有說話。

眼看著日頭漸漸偏西，從山道那邊終於來了兩個人。走在前面的那人鬍子拉碴的，長得虎背熊腰，看上去四五十歲的樣子，頭上戴著狗皮帽，上身穿著粗布棉衣，披著老羊皮襖，腳上穿著一雙破皮靴，腰裏繫著一條寬皮帶，插著兩支盒子槍，還有一排繫著紅布的飛刀，走起路來腳下虎虎生風。身後跟著一個背漢陽造的壯漢。

兩人的腿腳都很快，轉眼間就來到了苗君儒的面前。

苗君儒從車上跳下來，上前拱手道：「當家的，我們是帶糧食來贖人的，糧食在車上。都是窮人，這錢實在拿不出來，還求你高抬貴手，請把人放了吧？」

那人上下打量了苗君儒和崔得金一番，拔出手槍指著他們說道：「你們不是那個村裏的人，說吧，給老子唱什麼戲呢？」

苗君儒說道：「我們確實不是村裏的人，我叫苗君儒，是北大的考古系教授，他叫崔得金，看他身上穿的那衣裳，就知道他是什麼人吧？」

那人只瞟了一眼崔得金，便把眼光定在苗君儒的身上，驚喜地問道：「你說你叫苗君儒，是北大的考古系教授？」

苗君儒說道：「不錯，我就是苗君儒，如假包換！」

那人哈哈笑道：「咱們這回可真踢到寶了！兄弟們，都出來吧！」

從大樟樹後面的山林陸陸續續走出十幾個人來，有的手裏提著漢陽造，有的則拿著大刀和梭標。醜蛋和另兩個村民被人用繩子捆著，嘴裏還塞了破布。

苗君儒說道：「這位當家的，我可不認識你！」

那人朝苗君儒拱手道：「在下叫李大虎，江湖人稱李大腦袋。你不認識我，該認識邯鄲城內有朋客店的韓掌櫃吧？」

苗君儒說道：「我和韓掌櫃確實有些交情，怎麼了，你認識他？」

李大虎笑道：「像我們這種在刀口上舔血的人，好歹也認識幾個人吧？我聽韓掌櫃說，他認識一個北大的考古系教授，叫苗君儒，可有本事了，不管什麼真假古董，一眼就能看出來！」

苗君儒問道：「莫非你有古董讓我看？」

李大虎說道：「我手下有個兄弟，外號老地耗子，從地下掏出來一點東西，正想找個會看的人給看看，估個價，也好找買家！」

苗君儒問道：「東西在哪裏？」

李大虎說道：「離這不遠，我帶你去就是！」他接著對手下的人說道：「如今鬼子封鎖得很緊，有錢也買不到吃的，看在苗教授的面子上，收下糧食，錢就不要了，兄弟們，把人放了！」

那幾個人解開醜蛋和村民身上的繩子，把人放了。醜蛋揉了揉發麻的手臂，跑到苗君儒的身邊。

李大虎望著崔得金說道：「我和你們八路軍井水不犯河水，兄弟們也是為了要活下去，沒有辦法才這麼做的，希望你回去向蕭司令員解釋一下。我李大腦袋向他保證，只要點吃的，絕不禍害百姓。」

崔得金說道：「我們八路軍希望李大當家的說話算話，對於那些禍害百姓的土匪，我們是不會輕饒的！」

李大虎說道：「你把人帶回去，苗教授得跟我們走。放心吧，兩天後，我們把他送回去！」

醜蛋緊緊地扯著苗君儒的衣服，低聲說：「我要跟你走！」

苗君儒對李大虎說道：「大當家的，這孩子和我好，就讓他跟著吧！」

看到崔得金和那兩個村民趕著驢車走遠了，李大虎才說道：「苗教授，對不住了！」

苗君儒點了點頭，任由李大虎手下的人用黑布罩著他的頭，讓人用一根繩子牽著他走。約莫走了三四個小時了，有人說：「到了！」

他頭上的黑布被人扯了下來，發覺置身於一個山洞中，山洞很大，裏面有不少岔洞，洞壁上插著幾支火把，最裏面那邊的地上鋪著一些破棉絮和乾草，上面躺著幾個人。還有一個人被繩子捆著，斜靠在旁邊，從那一身花衣服的顏色看，好像是個女人。

李大虎走過來說道：「前陣子著了鬼子和二狗子（作者注：偽軍）的道，損失了不少兄弟。那個肉票是我們從路上綁來的，她說她爹叫齊富貴，是黎城維持會的會長，我已經派人捎信過去了，叫她家裏拿藥品和錢糧來換，否則我們就撕票！老地耗子呀！把東西拿出來給苗教授瞧瞧！」

隨著李大虎的叫聲，一個身材乾瘦矮小的老頭，如幽靈一般突然出現在他們面前，手裏提著一個布袋子。

老地耗子嘿嘿地笑著：「當家的，東西都在這呢！」

苗君儒見這人的一雙鼠目滴溜溜亂轉，裏面白珠多黑珠少，兩腮無肉，深凹進去，頷下幾根灰白稀疏的鼠鬚，一看就知不是善類。

老地耗子從布袋中把東西一件件掏出來，擺在地上。李大虎正要叫人拿兩支火把過來，好讓苗君儒看得清楚點，卻見苗君儒俯身從地上撿起一塊方方正正的東西，仔細看了看，問老地耗子：「你的這些東西是從什麼地方挖出來的？」

老地耗子嘿嘿一笑，說道：「按道上的規矩，看貨和買貨的，從來不問東西的來歷，我說得對吧？」

苗君儒說道：「按規矩，我確實不能問這東西的來歷，可你們知道這方印璽是誰的嗎？」

老地耗子笑道：「我要是知道，還用大當家的請你來？為了得到這幾樣東西，我們還損失了幾個弟兄。」

苗君儒說道：「既然你從裏面能拿出這方印璽，不可能只有這點東西吧？」

李大虎一聽這話，立馬拔出槍，頂在老地耗子的頭上，吼道：「老地耗子，你他娘的敢私藏東西？」

老地耗子嚇得臉色煞白，「噗通」一下跪在地上，哭喊道：「那斗已經叫人搗鼓過（黑話：那墓已經讓人挖過），我老地耗子要是私藏了半件東西，叫我明天就死在鬼子的刀下。」

苗君儒的眉頭微微一皺，論以往的考古經驗，若是墓葬被人盜過，就算剩下點東西，也是不值錢或者破爛貨色，而老地耗子擺在他面前的這七八件東西，不但品相完好，而且都是貴重的物品。不說別的，就拿他手上這方印璽來說，是墓主人的隨身之物，以前的盜墓者怎麼沒有拿走呢？

見老地耗子這麼賭咒發誓，李大虎收起槍，對苗君儒說道：「苗教授，老地耗子跟了我好幾年，從沒有私心！」

苗君儒翻起印璽，讓刻字的那面朝上，說道：「這上面刻著大漢荀司馬印幾個字，據我所知，漢代姓荀的司馬，就只有曹操手下的第一謀臣荀彧。史書上記載，荀彧離袁紹而投曹操，被曹操封為司馬，一步步官至漢侍中，守尚書令，成為曹操的左膀右臂，深得曹操的信任，後來，荀彧因為反對曹操稱魏公而被貶，死在壽春，壽春那裏還有荀彧墓呢。他的私人印璽，怎麼出現在這裏？」

老地耗子說道：「我確實是在那斗裏掏出來的，不信我明天帶你去看！」

苗君儒指著地上的那些東西說道：「這裏的東西，要是拿到重慶去賣，每一件都值五千大洋以上。」

李大虎瞪大了眼珠，說道：「重慶太遠了，得找個近一點的地方出手！」

老地耗子說道：「我聽說駐紮在黎城的小鬼子頭頭，好像叫渡邊次郎的，最喜歡收藏中國的古董，只要貨真……」

李大虎踹了老地耗子一腳，罵道：「想把中國的古董賣給小鬼子，你想都別想，我就是把這些東西給砸了，也不給小鬼子揀便宜！」

苗君儒說道：「你不是和韓掌櫃熟嗎？邯鄲那邊也有幾個喜歡收藏古董的，要不找他幫忙？」

李大虎說道：「這裏離邯鄲城來去幾百里，路上要過很多道鬼子的關卡，沒人去呀！再說，這一來一往，起碼得半個月，就這三袋糧食，沒等把東西賣掉，我們這裏的人全都餓死了！」

老地耗子說道：「這裏不還有一個肉票嗎？要是齊富貴不拿東西來，我們就把她賣到潞城去，好歹也值個一二百大洋……」

他的話還沒有說完，身上又挨了李大虎一腳。李大虎罵道：「他娘的，就你的鬼點子多，我聽說潞城的窯子都給小鬼子包了，不管她爹是不是漢奸，可她是中國的姑娘，我就是撕票，也不會送過去給小鬼子糟蹋！」

苗君儒有些敬佩地望著李大虎，相識才半日，他已經被對方身上那種難能可貴的英雄氣概所折服，要是多一些這樣的中國漢子，日本人根本打不進山海關。他問道：「你要齊富貴在什麼地方，什麼位置交貨呢？」

李大虎說道：「明天下午酉時在南窯寺交貨，五袋白麵，二十斤鹽巴，兩百大洋，還有一些藥品。」

苗君儒說道：「我聽說日本人對藥品控制得很嚴，連八路軍都搞不到藥品，齊富貴能乖乖把藥品給你？」

李大虎說道：「他的閨女在我的手裏，諒他不敢亂來。老地耗子，你明天帶苗教授去看個斗，我帶幾個人去就行，其他人守在這裏。」

老地耗子說道：「要不我今兒晚上帶苗教授去，反正離得不遠，明天我隨大當家的去，南窯寺裏的住持和我有些交情，或許能幫得上忙！」

李大虎想了一下，點了點頭。

吃了些東西，老地耗子在前面帶路，除了苗君儒和醜蛋外，李大虎還叫了一個兄弟跟著去。一行四個人出了山洞，並沒有人點火把。苗君儒知道土匪走夜路是從來不點火把的，好在還有月光，勉強能看清腳下的地面。洞口被樹木和茅草遮掩著，不走到面前絕對發現不了，躲在這種地方，確實很難被人發現。山洞外面並沒有山路，都是懸崖峭壁，有的地方只容得一個人側身爬過去，而有的地方則要人用繩子吊著下去。這一帶的山勢都陡峭，易守難攻，難怪日軍對躲在山裏的八路軍隊伍無可奈何，唯一的方法就是封鎖，不讓糧食和彈藥被人運進來。

就這樣大約攀爬了一兩個小時，好不容易看到一條崎嶇的山路，可老地耗子卻不肯走，仍帶著大家往山林裏竄。

爬上一道山梁，老地耗子指著前面的一處較為平緩的山谷說道：「前面就是！」

看到山頭跑死馬，當苗君儒來到老地耗子所說的地方時，累得快要趴下了。他喘著氣說道：「你不是說很近的嗎？怎麼這樣遠？」

老地耗子狡黠地笑了笑，說道：「是很近，一個多時辰就到了！」他來到一棵大樹下，扒開樹底下的一堆雜草，接著說道：「從這裏進去！」

苗君儒站在樹邊，朝左右看了看，見這裏三面環山，谷口朝南，所站的位置為一塊凸起的土坡，若從風水上來說，則是藏風聚氣的風水寶地。他看了一會兒，感覺缺少點什麼。

醜蛋扯了扯苗君儒的衣裳，低聲說道：「他們都進去了！」

苗君儒來到洞口，見土洞呈圓形，直徑約三十公分，足夠一個人進出。他以前考古的時候，也見到一些盜墓賊留下的盜洞，一般不超過二十公分，有的才十公分。很多盜墓賊都會縮骨奇術，比老鼠洞大一點的地方都能鑽進去。老地耗子如果是一個專業的盜墓賊，不可能打出這麼大的洞來。除非墓裏的東西比較大，必須把盜洞打大，才能把裏面的東西弄出來。

他仔細在洞口旁邊看了看，果然有一些拖過的痕跡，卻被人為掩蓋了。

醜蛋已經爬進洞去了，苗君儒停留了一會兒，也跟著爬進去。土洞斜著往下，有的地方用木樁頂著，防止泥土坍塌下來，約前行一百米，向左拐彎四五米後垂直往下。他看到醜蛋的身影一閃，就滑下去了，他正要下去，聽到下面傳來一聲嗚咽，好像有人被捂了嘴而發出來的。他的心底一抽，頓時警覺起來，如果冒然下去，如果老地耗子在下面使個黑手，他連躲的機會都沒有。

他脫下身上的大衣，捲成一團扔了下去，隨即雙手護著頭部，頭朝下腳朝上地緊跟著溜下去。

盜墓賊打出的盜洞，若是垂直高度比較高的，都會用抓著繩子溜下去，之前的老地耗子都沒有用繩子，說明垂直盜洞的高度並不高，所以他才敢用這種方式下去。萬一老地耗子在下面使壞，他也能應付。

落下三四米的樣子，他的雙手就接觸到了堅實的地面，利用手上的反彈力，身體迅速在地上一滾，卸掉下墜的力度。當他站起來時，見老地耗子抓著醜蛋，用手捂著醜蛋的嘴巴，另一個人的左手舉著火把，右手拿著一支短槍，槍口對準苗君儒。

墓室有些大，左右寬度約七八米，高度約兩米，人在裏面，完全可以站直身子。墓室內的空氣很渾濁，除了那股腐爛的黴氣味外，還有一股淡淡的松香。正中間有一口大石棺，棺蓋被推在地上，斷為兩截，整個墓室除了石棺外，再也沒有別的東西了。倒是墓牆上那些五彩斑斕的圖畫，引起了苗君儒的注意。可惜眼下的情形，容不得他對那些圖畫進行研究。

老地耗子有些得意地說道：「苗教授，剛才你下來的時候，我只要用刀子往上一戳，你就被開膛破肚了！」

苗君儒問道：「你為什麼不那麼做？」

老地耗子說道：「看得出來你還是個練家子，一般人不敢那麼下來。我不想害你的原因，主要是想和你合作！」

苗君儒問道：「你想怎麼合作？」

老地耗子說道：「你是從抬棺村裏出來的，不可能不知道皇帝谷！」

苗君儒微笑道：「知道了又怎麼樣？」

老地耗子冷笑道：「難道你還不明白我的意思嗎？」

苗君儒正色道：「我是考古，而不是盜墓！」

老地耗子笑道：「別給自己臉上貼金，你們幹的活和我們幹的活其實是一樣的，都是把好東西從地下挖出來。苗教授，我不想要古董，只要黃白物，其他的都是你的，你看怎麼樣？」

苗君儒問道：「這麼多年來，打皇帝谷主意的人，可不止你一個，為什麼他們沒能成功，你就這麼肯定你會成功？」

老地耗子說道：「沒有三兩三，不敢上梁山！苗教授，你可別小瞧了我！」

苗君儒說道：「你先把人放了！」

老地耗子把醜蛋放開，往後退了兩步，說道：「在這裏面，諒你也耍不出花招來！再厲害的練家子，也敵不過一顆花生米。苗教授，我們談談吧？」

苗君儒說道：「你為什麼要騙你們大當家的？我們進來的盜洞是以前挖的，若以你們的規矩，絕對不可能留下那麼大的一個洞，更不可能……」

老地耗子呵呵笑道：「我就知道瞞不過內行人。不錯，這個斗是我幾年前和朋友一起掏的，我看這裏的環境不錯，所以留了洞口，就當是給自己留個藏身的地方。給你看的那些東西，是我從別的地方搞來的。大當家的做人太死板，這世道太亂，我得替自己著想，你說是吧？」

這話說出米，確實有幾分道理。苗君儒說道：「你和大當家之間的事，我不想摻和。我只想儘快離開這裏，和我的學生一起去邯鄲！」

老地耗子似笑非笑地說道：「看你這樣子，也是懂些江湖規矩的，別敬酒不吃吃罰酒！」他換了一個口吻，接著說道：「皇帝谷是個很神秘的地方，無論是從前還是現代，進去的人沒有一個能出來的，八路軍有人進去了，小鬼子也派人進去了，都沒出來。你作為考古學者，難道不想弄明白裏面葬的是哪一朝的皇帝，解開歷史之謎嗎？」

老地耗子所說的最後一句話，對苗君儒的誘惑確實很大，他微微笑了笑，說道：「你說了，進去的人沒有一個人能出來，我雖然很想知道裏面葬的是哪朝的皇帝，可也不願意白白把命丟在這裏。」

老地耗子笑道：「你要是跟別人進去，也許出不來，但是我不同！」

苗君儒說道：「性命攸關的事，我怎麼相信你！」

老地耗子看了一眼旁邊那人手裏的火把，說道：「我在火把上加了點料，沒有我的獨門解藥，七天之後就會七竅流血而死。苗教授，如果你不信的話，儘管試試！」

江湖上有很多奇人異士，擁有各種毒性不同的毒藥，苗君儒自從吃過洛書神篇，身體已是百毒不侵，（詳情見拙作苗君儒考古探險系列之《黃帝玉璧》）可他不得不替身邊的醜蛋著想。他略微思索了一下，問道：「你為什麼選擇我？」

老地耗了笑道：「你不需要知道，你只要照著我說的去做就行，千萬不要有別的想法，否則你會後悔的！」

苗君儒問道：「你要我回去怎麼跟大當家的說？」

老地耗子說道：「斗已讓人掏過，黃白之物都讓人順走了，就剩下這幾樣看上去不值錢的破銅爛鐵。先前死在這裏面的那幾個兄弟，是中了斗裏面的陰招。（黑話：毒氣）」他走上前拍了拍苗君儒的肩膀，繼續說道：「苗教授，我老地耗子是最講義氣的，今晚的事，就我們三個人知道！」

苗君儒的臉色一變，說道：「留他一條命，小孩子不會亂說的！再說，他是抬棺村的人，或許他知道有關皇帝谷的一些事情。」

他從老地耗子的話中，聽出了對醜蛋的殺機。

老地耗子瞪著一雙灰白眼，問道：「一個小孩子，能知道什麼？」

苗君儒吩咐醜蛋在地上寫了幾個字，說道：「他沒上過一天學堂，卻能寫古代的隸書！全村人除了死去的老半仙外，就只有他會寫字。」

老地耗子惡狠狠地說道：「先留著他的小命。我可把話說在前面，要是他敢露半點風聲，我活剝了他的皮。」

醜蛋縮在苗君儒的肋下，驚恐地搖了搖頭。

苗君儒說道：「行了，我們的命都在你的手裏捏著呢！」

幾個人回到山洞，苗君儒按老地耗子的吩咐，對李大虎說了，有他用性命擔保，李大虎沒有理由不相信。

睡覺的時候，他們把苗君儒和醜蛋，還有女肉票擠在最裏面。洞內的光線太暗，苗君儒自始至終都沒看清女肉票的模樣。

南窯寺在黎城的北面，是座有上千年歷史的古剎，距離黎城約七八十里，寺院幾經兵火，只剩下破爛的主殿和幾間土禪房，寺廟的住持是個七十多歲的老僧，除住持外，全寺只有兩個和尚，有一個還是跛腳的。

在沒有遇上鬼子之前，苗君儒和他的學生經過寺院，想在寺院歇息一晚，可寺院的住持不願生人打擾，他們只得作罷。

苗君儒醒過來的時候，得知李大虎帶著老地耗子和幾個兄弟一大早就出發了。女肉票縮在角落裏，雙手捂著臉不停的低泣。他想過去安慰一下，可不知道該說些什麼。女肉票是死是活，要看李大虎回來的情況。雖說有的土匪不講信譽收錢撕票，但以李大虎的為人，應該不會那麼做。

好不容易熬到晚上，洞外傳來嘈雜的說話聲，李大虎背著一個人走了進來，身後的兄弟每人背著一袋糧食。

李大虎把那人放倒在草堆上，苗君儒走過去一看，居然是老地耗子，老地耗子的腹部受了傷，衣服和褲腳上都是血跡。他問道：「大當家的，怎麼回事？」

李大虎說道：「姓齊的王八蛋倒還講信用，糧食和大洋都照數給了，只是那藥品實在太難弄，只給了一些。我已經答應人家了，回來就放人。他娘的，回來的路上遇到了小鬼子，要不是老地耗子機靈，我們幾個都得把命丟在那裏。還好他傷得不太重，不然就回不來了。」

老地耗子呻吟了幾聲，說道：「小鬼子人多，硬拚肯定要吃虧的……哎喲……小鬼子的武器好，槍打得遠，可子彈不行，一穿兩個眼，只要不傷著要害，準沒事。」

苗君儒低聲道：「可看你這樣子，得躺上一陣。」

他這是一句安慰老地耗子的話，像這樣的槍傷，就算子彈沒有留在體內，若沒有正規的治療，就這麼拖下去，十有八九就把命給拖沒了。

李大虎笑道：「你可別小看了老地耗子，甭管槍傷還是刀傷，只要還剩一口氣，給他一碗童子血，找個沒人看見的地方折騰一陣，第二天準沒事。可有一點，他這法子只管他自己的命，其他人都沒作用。他療傷的時候，別人還不能偷看，有次我的一個兄弟去偷看，結果變成了一具乾屍！」

苗君儒暗驚，天底下還有這樣的奇人？老地耗子的療傷本事，應該是一種民間巫術，很多奇人在行巫的時候，都不讓別人偷看。他不想讓別人學了去，所以下毒害死偷看的人。

老地耗子捂著傷口說道：「是祖上傳下來的一點小法術，保命用的，臨死前傳給下一代。我這幫兄弟裏面唯一一個沒有碰過女人的傢伙，上個月被小鬼子打死了，我費了好大的勁都沒救活。苗教授，還虧得留下這個孩子，否則我熬不到明天。」

一個土匪拿了碗和刀子過來，伸手去扯醜蛋，醜蛋嚇得躲到苗君儒身後。

李大虎笑道：「沒事的，用刀尖在手臂上挑開一個口子，滴半碗就行。上次老地耗子被小鬼子的機槍打穿了肚子，連腸子都流出來了，也只不過用了大半碗血。」

「讓我來吧！」苗君儒說道。他接過土匪的刀子和碗，低聲對醜蛋說：「就當你在山上放羊，被茅草割傷了，放心吧，不痛的！」

醜蛋「嗯」了一聲，閉上眼睛把手臂伸了出來。苗君儒在醜蛋的手臂上割開一個小口子，剛滴了兩滴血，卻見那傷口奇蹟般的癒合了，連個傷疤都看不到。他微微一愣，這次故意把傷口割大一點，可滴了幾滴血之後，傷口同樣慢慢癒合，連傷疤都沒有。

旁邊站著的李大虎也看出了稀奇，說道：「真是邪門了，讓我來，我就不相信……」

說話間，只見刀光一閃，苗君儒已經在醜蛋的手臂上割開了一個三四寸長的大口子，鮮血一下子湧了出來，就在傷口癒合的時候，血也滴了半碗。

苗君儒把碗還給李大虎，拍了拍醜蛋的頭，說道：「好了！」

醜蛋睜開眼，見大家都奇怪地望著他，有些害怕起來，哭道：「我要回家！」

「我等下就帶你回家！」苗君儒摸著醜蛋的頭問道：「我剛才割傷你的時候，你不疼嗎？」

醜蛋搖了搖頭。

這世上有些人天生就沒有痛感的，如果醜蛋屬於那種人，就不足為奇了，只是傷口癒合的速度，讓人覺得不可思議。苗君儒接著問道：「你以前受傷流血的時候，也不覺得疼，而且好得那麼快的嗎？」

醜蛋一本正經地說道：「沒有呀！我小的時候在山上放羊，不小心摔了一跤，流了很多血，也很疼，過了很多天才好呢！」

李大虎著急地問道：「那你從什麼時候開始，受傷後不疼，而且傷口很快就好的呢？」

醜蛋回憶道：「前年有一次下大雨，我的羊丟了，我娘叫我去找羊，我在山上迷了路，不知道走了多久，看到一隻渾身是傷的麅子，我想抓住麅子帶回村，就跟著追，追呀追呀，追個一個山谷裏，那隻麅子跑到一眼冒著熱氣的池子邊，喝了幾口泉水，眼瞅著麅子身上的傷全好了，三蹦兩蹦就不見了，我又渴又累，也喝了一些水，還在池子洗了個澡。說也奇怪，我身上被茅草割出的傷口，轉眼就好了……」

醜蛋還沒有說完，老地耗子就問道：「那池子是不是方方正正的，池子邊上還有一塊大石碑，石碑上有幾個字？」

醜蛋說道：「是呀，你怎麼知道？我不認識碑上的字，但我知道怎麼寫！」

醜蛋用手在地上寫了四個字，卻是篆體的「不死神泉」四個字。苗君儒明白過來，原來醜蛋只認得隸書，不認得小篆。對於小篆這類的文字，不要說平常人，就是教書先生，也沒幾個人認得。

老地耗子捂著傷口興奮地說道：「大當家的，這小傢伙進皇帝谷了！」

苗君儒問道：「莫非你也進去過，要不然你怎麼知道那個池子？」

所有人的目光都彙聚在老地耗子的身上，洞裏的空氣彷彿一下子凝固了。

第三章

女肉票

崔得金大驚，低聲說道：

「據我所知，黎城大漢奸齊富貴只有一個女兒，
原來在太原讀書，鬼子打太原時，跟著同學去了延安，
去年冬天在來我們根據地的路上遇到了小鬼子，失蹤了。
聽說齊富貴還給她做了一場法事，
這個齊桂枝鐵定是假的。」

老地耗子瞪著大家叫道：「你們看著我幹什麼？我要是進去過，還用得著在這裏哼哼嗎？」

李大虎問道：「你沒進去，怎麼知道裏面有個池子？」

老地耗子吃力地說道：「我年輕的時候，在黃崖洞那邊遇到一個快要死的老頭子，我把他救活之後，才知道他是個風水先生，他告訴我，他的祖上有一本奇書，書上說太行山裏有一眼不死神泉，池子方方正正的，池子邊上還有一塊大石碑，只要人還有一口氣，喝上幾口泉水就沒事了。他家幾代人都在太行山上找那眼泉水，可一直沒有找到。現在就只剩下皇帝谷沒有進去了，他看過谷口的地形，皇帝谷內五行移位，犯天煞和地煞，進去的人凶多吉少，所以他一直沒敢進去……」

老地耗子喘著氣望著李大虎，繼續說道：「大當家的，要是這個小孩能夠帶我們進去，找到不死神泉，兄弟們就不用躺在這裏活受罪了。去年我們被小鬼子包圍的時候，八路軍救了我們，我們還欠著別人一份人情。我聽說八路軍的傷患挺多，也是缺醫少藥的。給他們一些泉水，把人情還了！」

李大虎略微思索了一下，說道：「行，就這麼辦，明天叫小傢伙帶路，我們冒死進去看看！」

不料醜蛋叫道：「不行，不行。我回家後，對娘說了找羊的事，老半仙要我帶村子裏的人進去，我們在山上轉了一天一夜，都沒能找到那條路。後來又去了幾次，都沒找到。老半仙說，祖上留下話，皇帝谷內葬皇帝，不是神仙切莫進，凡人要想朝天顏，只有谷口一條路。」

李大虎呵呵地笑起來：「這小傢伙成神仙了！」

老地耗子說道：「小傢伙說的倒是實話，我一直都在打皇帝谷的主意，所以留意這方面的事，抬棺村內確有這麼一句祖訓。幹我們這行的，從來不相信有什麼鬼神，小傢伙既然進去的，肯定就有路，只是他們沒有找到而已。哎呦，把我扶起來，帶上我的包袱，我得去療傷，再不去，這血都不能用了。」

一個土匪端起碗，扶著老地耗子往洞裏面的岔洞去了。那個土匪返身回來還不到十分鐘，就聽到岔洞裏傳來尖叫聲，老地耗子披頭散髮地跑出來，用一種變了調的聲音哭道：「完了，完了！」

李大虎一步衝上前，抓住老地耗子說道：「什麼完了，你的傷不是好了嗎？」

老地耗了指著醜蛋，咬牙切齒地哭道：「傷是好了，可這小王八蛋……這小王八蛋可把我害慘了！」

苗君儒覺得老地耗子好像變了，說話都不陰不陽的，像太監。他問道：「他怎麼害你了？」

老地耗子哭道：「我這保命的法術，需童男之血……」

苗君儒驚道：「你的意思是，他不是童男？」

老地耗子哭道：「你問問她自己，是不是爺們？」

不勞苗君儒問，醜蛋說道：「是誰告訴你我是爺們了，我生下來就是女人，是你們硬要我的血，還想殺我呢！」

原來醜蛋是童女。苗君儒和醜蛋相處了好幾天，居然也沒看出來。他對老地耗子說道：「現在已成了事實，你就算殺了她也沒用，有補救的法子麼？」

老地耗子氣急敗壞地說道：「還補救個屁？我這法術最忌用童女的血，一旦用了童女的血，法術就破了。雖然這次能把我救活，可我會變得不男不女，從今往後也不能再用法術，更不能傳給下一代，否則會七竅流血而死。」

李大虎笑道：「我還以為有多大的事，不男不女就不男不女唄！都黃土蓋頂的人了，給你一個娘們也上不了，你不是說家裏只有一個傻兒子的嗎？我看，傳給傻子也沒用，就讓法術跟著你進棺材算了！」

老地耗子雖然對醜蛋恨得咬牙切齒，卻也無可奈何。

李大虎安慰了老地耗子幾句，走到女肉票身邊說道：「閨女，這幾天委屈你了。我李大腦袋雖然是土匪，可也講江湖道義，收了你爹的錢糧，就得把你放回去。今兒天晚，怕你路上出意外，明兒一早，我叫一個兄弟送送你。可有一點我要警告你，在我們這裏聽到的每一句話，絕對不能說出去，否則要死人的！」

女肉票一個勁的點頭，跪在地上，朝李大虎連連磕頭。

就在女肉票抬頭的時候，苗君儒看清了她的模樣，當下心底一驚，暗道：怎麼是她？

這時，洞口傳來一陣槍響！

古人有一句至理名言：亂世土匪太平官。

生逢亂世，就要造反，上山當土匪，才能不受人欺負。若生在太平盛世，就要用功讀書，削尖了腦袋當官，才能成為人上之人。

這年頭雖是亂世，但土匪卻不好當，國軍、八路軍、日本鬼子，包括偽軍和地方維持會，哪一方都惹不起。晉東南和豫西這塊土地上，原先有土匪數十股，大股的兩三百人，小股的一二十人。後來，有的歸順了八路，有的投靠了鬼子，有的被國軍收了編。還在道上混的，只剩下兩三股。

有良心的土匪，在國難當頭時，也打鬼子和漢奸，李大腦袋就是其中之一。他們原來在豫西那邊，幾次被鬼子圍剿之後，不得已逃到晉東南這邊來了。好在和八路的關係不錯，相互照應著，不至於被人攆來攆去。

土匪也是人，也要吃飯穿衣。土匪有土匪的原則，在那些比他們還窮的人身上，是撈不到油水的，所以，除了朝富戶和沒有勢力的地主下手之外，還順道劫些過路的商人。如果情況允許，最好能打小鬼子的軍車，既解恨，又有賺頭。

失去山頭的土匪，是沒有固定落腳點的，打一槍換一個地方，弄不好一個晚上換幾個地方。無論在什麼地方住下，李大虎都會派出兩三個兄弟，在外面險要的地方設上明哨和暗哨。當了這麼多年的土匪，若不多幾個心眼，命早沒了。

李大虎過去的一些事情，是苗君儒聽老地耗子說的。老地耗子說那些事的時候，表現出對李大虎的無限崇拜。

李大虎坐在另外一邊，端詳著每一個人。這個山洞是老地耗子找的，有幾個岔洞，都不深，李大虎見周圍的地形不錯，易守難攻，而且山後有退路，便想在這裏住上一陣子。沒想到才住進來兩個晚上，就出事了。

聽槍聲，苗君儒就知道洞外至少有幾十支小鬼子的三八大蓋，只見李大虎飛快拔出手槍，幾步衝到洞口，從洞外撲進來一個渾身是血的人，正是在外面放哨的兄弟，忙問道：「怎麼回事？」

那個土匪身上中了兩彈，勉強說出「鬼子」兩個字，就倒了下去。

李大虎抬手一槍，撂倒了一個端著槍從外面衝進來的影子，那影子倒地之後，叫了一聲「大哥！」

李大虎頓時眼淚縱橫，多好的兄弟呀！枉死在他的槍下，還不忘叫聲「大哥」。他哽咽道：「兄弟，大哥一定替你報仇！」

李大虎閃身躲在洞側，眼睛盯著外面，只要再進來一個人，他可就看清楚再開槍了。可是洞外卻再沒有人進來，槍聲也停了。

過了一會兒，一個沙啞的聲音傳進來：「洞裏的人聽著，皇軍優待俘虜，想活命的，雙手舉在頭上走出來。給你們三分鐘時間考慮，否則別怪我們不客氣。」

李大虎朝洞外打了兩槍，罵道：「去你娘的，老子死也不投降，有本事就衝進來。」

日本人也不是傻子，不明白洞內的情況，是不會冒然進來送死的。

苗君儒朝身後看了看，見李大虎手下的兄弟一個個拿著武器，一副誓死拚命的樣子，就連受傷躺著的，也都坐起來去拿武器。他有些不明白，聽老地耗子說，從南窯寺回來的路上，差點被小鬼子包了餃子，好在老地耗子精明，用聲東擊西的法子，帶著大家在山林內繞了幾趟，好歹衝了出來。雖說老地耗子受了傷，可他們已經把地上的血跡和走過的痕跡都處理掉了，就算是道上的人，也不見得找得到他們走過的路，這麼快追上來。

洞口是出不去了，要想活命，只有朝洞裏面走，找個能出去的岔洞。前幾天進來的時候，他就和幾個兄弟拿著火把往裏面去探洞，幾個岔洞都很深，他們走了一兩個小時都沒走到頭，後來想想只在這裏待幾天，沒必要探明白，就作罷了。

老地耗子過來問道：「大當家的，怎麼辦？」

李大虎說道：「還能怎麼辦？我先擋著，你帶著弟兄們往裏面走，好歹找一條活路，總比在這裏等死強！」

老地耗子不再廢話，轉身招呼其他的兄弟們，扶著受傷的人，拿著武器和隨身包裹往洞裏面走去。

苗君儒朝那女人微微一笑，來到李大虎身邊，大聲說道：「大當家的，你要是不嫌棄，我留下來陪你，要死也有個伴！」他往身後看了看，見那女人和醜蛋跟著大家進去了，於是低聲說道：「你想過沒有，小鬼子怎麼那麼快就找到這裏？」

李大虎說道：「我也正納悶呢！可這些兄弟都是跟了我好幾年的，不可能投靠小鬼子。」

洞外傳來犬吠聲。苗君儒說道：「聽到沒有，是狗叫。日本人帶著狼狗追來的，不要說老地耗子流在地上的血跡，就是你們走過的地方，狼狗也能聞得到味道。」

李大虎問道：「那怎麼辦？」

苗君儒說道：「得先把狗除掉！」

李大虎說道：「那狗不進來，怎麼除呀？」

苗君儒說道：「狗不進來，我們可以出去！」

李大虎微微一笑，朝外面喊道：「外面的人聽著，我們出來了！」

他們高舉著雙手，一前一後地走了出去。兩人一出洞，立刻有幾個日軍撲上前來，與此同時，他們看清了離他們不遠的兩隻大狼狗，這兩隻畜生的眼瞳發出綠幽幽的光，低嚎著作勢要撲上來。

就在兩個日軍一左一右抓住苗君儒的手臂時，他出手了。

電光火花之間，右邊日軍的刺刀刺進了左邊日軍的胸膛，苗君儒抓著那支從左面日軍手裏搶過來的三八大蓋，瞄準一隻狼狗，槍口迸出火光。清脆的槍聲中，那畜生頭部中彈翻身倒地。

李大虎的速度並不慢，揮拳擊倒兩個日軍，兩支飛鏢同時射出，其中一支正中另一隻狼狗的咽喉。

兩道人影在洞口一閃而沒，日軍反應過來，紛紛開槍射擊，子彈射在洞壁上，碰出點點火花。

清晨。

山林中鳥鳴聲聲。

一縷陽光照在苗君儒身邊的楓樹上，微風徐來，泛黃的楓葉搖曳出點點金光，看得人眼花繚亂。

遠處山巒起伏，在薄霧中若隱若現，如出浴的少女披著一層輕紗，觀此美景，整個人都醉了。

李大虎走過來說道：「我可不領你這份情！」

苗君儒笑道：「我沒讓你領我的情！」

昨天晚上他們兩人在洞口殺了那兩隻狼狗，飛快逃回洞內。幸虧苗君儒有先見之明，進洞後再往前跑了一段路，才沒有被鬼子扔進來的手榴彈炸著。他們追上大夥後，大家沿著最大的岔洞往前走，走了整整一夜，終於在天亮之前，出了山洞。看著眼前的世間美景，卻不知身在哪裏。

有幾個兄弟在山林間找來了乾柴，想要做早飯吃，卻被李大虎叫住。在這種環境不明的地方，最忌就是暴露自己，要是再被掃蕩的小鬼子圍住，脫身就難了。

醜蛋悄聲對苗君儒說道：「看到對面那棵大紅楓沒有，我放羊經常到那裏的，離我們村不遠！」

儘管她的聲音很低，但還是被李大虎聽到了，他笑道：「想不到在洞裏走了一個晚上，走了那麼遠？小傢伙，就去你們村！」

老地耗子過來道：「前天陪苗教授來的那個人，就住在抬棺村，那裏是八路的地盤，我們這麼去打擾，怕不好吧？」

李大虎說道：「沒什麼好不好，八路很講義氣，就是吃個飯，歇息一下，更何況是我們自己帶糧食。兄弟們，走！」

醜蛋在前面帶路，領著大家在前面走。

李大虎對女肉票說道：「到了抬棺村之後，我叫村裏人送你回去！告訴我，你叫什麼名字？」

女肉票低聲說道：「齊桂枝！」

「閨女，回去後勸你爹別跟著小鬼子犯渾，欠老百姓的帳，遲早是要還的。」李大虎由衷地說道：「要是我的閨女還活著，也有你這麼大了！」

說完之後，他深深歎了一口氣。苗君儒見他說話的時候，眼中隱隱有淚光。並不是每個人都願意當土匪，有的人就是被逼的。或許李大虎的身上，有著一段難以忘懷的傷心往事。

齊桂枝大膽地望著李大虎，說道：「大哥，你帶我走吧！我不想回去了！」

「為什麼？」李大虎懷疑自己的耳朵聽錯了。

齊桂枝說道：「城裏的那個鬼子軍官看上我了，成天就往我家跑，還跟我爹提親，我死活不答應，才打算逃到涉縣我舅那裏去，沒想到半路上被你們劫來了！」

李大虎問道：「去涉縣你不走官道，繞個大彎走山路幹什麼？」

齊桂枝說道：「不是怕半路上被我爹和小鬼子攔住嗎？」

李大虎說道：「你一個閨女，跟著我們這群今天不知道明天死活的大男人，可別耽誤了你。要不我叫人送你去涉縣？」

齊桂枝站在一處懸崖上，說道：「大哥，我就算去了涉縣，也逃不出鬼子的手掌心，你要是不肯收留我，我就從這裏跳下去！」

李大虎急忙說道：「別……別……閨女呀，大哥我答應你還不行麼？」

齊桂枝退了一步，說道：「大哥，你教我打槍，往後我就跟定你了！」

李大虎有些為難地看了大家一眼，勉強點了點頭。

老地耗子呵呵笑道：「沒想到大哥收了一個妹子，我們多了一個女山大王。」

當其他人都笑的時候，唯獨苗君儒露出一抹擔憂之色。那次他住在邯鄲有朋客店時，韓掌櫃帶來一男一女兩個人，說是請他幫忙鑒定一尊玉佛。那男的看上去像做大生意的，說話彬彬有禮，一口北方的腔調；而女的，就是面前的齊桂枝。當時這個女人並沒有說話，所以他辨別不出她是哪裏人。但從他們的言行舉止可以看出，兩人的關係很不一般。

他走在後面，看著齊桂枝和大家有說有笑，才短短一天的時間，前後判若兩人。這個女人看來很不簡單。

隊伍翻過兩個山頭，看到了抬棺村。

離抬棺村還有一段路，苗君儒遠遠地看見幾個遊擊隊員伏在柴垛後面，幾支黑洞洞的槍口對準他們。

一個遊擊隊員朝這邊喊道：「對面是什麼人？」

李大虎叫道：「我是李大腦袋，想和兄弟們借貴地方歇個腳！」

遊擊隊員喊道：「你們再往前走，我們可就要開槍了！」

苗君儒對李大虎說道：「你們等會兒，我和醜蛋先過去說說！」

他和醜蛋來到柴垛跟前，見崔得金穿著一身新軍裝，舉著盒子槍躲在柴垛後面，他走上前說：「崔幹事，他們也是打日本人的中國人，自己帶了糧食，進來吃個飯，休息一下就走！」

一個遊擊隊員說道：「土匪的話信不得！」

苗君儒說道：「昨天晚上他們住的地方被日本人找到了，沒有辦法才……」

崔得金說道：「行，我同意讓他們進來，可有一點，絕對不能拿走老百姓的東西！還有，休息一下馬上就走！」

苗君儒正要說話，卻見醜蛋娘從村子裏跑出來，抱著醜蛋嗚嗚大哭。

醜蛋像哄孩子一樣柔聲說：「沒事，娘，我回家了！」

苗君儒望著那個女人，心中由衷升起敬意，雖是撿來的孩子，卻勝似親生的。也許醜蛋自己都不知道，她是被她娘撿來的！

李大虎的人進村後，崔得金讓他們在村中的一塊平地上生火做飯，幾個遊擊隊員持槍站在四周，警惕地望著他們。村民們各自躲在屋內，把門關得死死的，透過門縫看著外面的人。

苗君儒見每戶村民的門上，都畫著一個紅色的圖案，像那種古代的驅鬼符。記得他前天離開村子的時候，可沒有見到這樣的圖案。

醜蛋看到那樣的圖案，臉色頓時大變。苗君儒問道：「是不是村裏出了什麼事？」

醜蛋有些驚恐地搖了搖頭，扯著瘋子娘快步往家裏走。

苗君儒來到守春的屋前，見屋前的石板上躺著一個渾身是血的人。守春蹲在一旁，一個女人領著兩個孩子跪在地上抹著眼淚。

那個人還沒死，只不過因失血過多暈了過去。

苗君儒上前問道：「是誰把他弄成這樣的？」

守春回答道：「是狼！」

在山區，經常有狼吃羊的事件發生，弄不好把放羊的娃子也給吃了，單個人遇上餓狼，能活著回來就算不錯了。

這人聽到說話聲，似乎甦醒了過來，強睜開眼望著苗君儒，嘴巴微微動了動，好像有話要說。苗君儒認出這人，正是前些天把他從小廟那邊抬回來的，名字叫守根。他上前蹲下，緊捏著守根的手，說道：「我答應你，一定想辦法救你！」

這時候，他驚奇地發現，守根身上的傷，並不是被野獸咬成這樣的，有兩處是刀傷，傷得有些厲害，皮肉外翻，不斷有血流出來。他的行囊內有止血藥，只可惜行囊在學生那裏，短時間內拿不到。不過，李大虎那裏有藥，去要一點應該沒有問題。他對守春說道：「他不是被野獸咬的，得趕快止血，不然他會沒命！你去找崔幹事，叫他向李大當家的要點藥來。」

他以為守春會跑出去弄藥，不料守春卻說道：「死就死吧，誰讓他去了那裏，被惡魔詛咒？」

苗君儒驚道：「他去了哪裏？被什麼惡魔詛咒了？」

守春說道：「這是我們村裏的事，你一個外人，還是少管為好！」

有村民圍了過來。

苗君儒說道：「不行，我不能眼睜睜的看著他流血而死，你們不救，我救！」

守根望著苗君儒，眼中流出感激的淚水。

守春回頭看了一下周圍的人，大聲對苗君儒說道：「你不能救，他進去過那種地方，把魔鬼帶了出來，如果他不死，我們全村人都會死的！」

苗君儒暗驚，難道守根進了皇帝谷？他說道：「人，我一定要救，如果因此給你們全村人帶來災難，由我來承擔責任。龍虎山張天師的第三十七代傳人，曾經教我一套除魔法術，我連千年吸血殭屍都能降得伏，還怕你們這裏的惡魔不成？我就不相信，什麼惡魔有那麼厲害？」

他不再理會守春，快步跑到李大虎那裏，要了點消炎藥。回頭抱起守根進屋，好不容易找到針線籃，拿出針線，燒開水把針線消了毒。他解開守根身上的衣服，除了胸前的兩處刀傷之外，背部還有一處刀傷，深可見骨，其餘的則都是一些刮傷和茅草的割傷。他低聲說道：「我要把傷口縫起來，會有點疼，你忍著！」

守根堅強地點了點頭。

縫完三處刀傷，苗君儒的額前已經見汗。像這樣的野外小手術，他並不是第一次做，只不過怕弄疼守根，才小心翼翼的。可自始至終，守根都沒哼一聲。

守根的體質與常人不同，平常人身上有這三處刀傷，能撐過去不死，就已經是大幸。在這麼短的時間內，絕對不可能甦醒過來的。苗君儒把藥灑在傷口上，撕開一件舊衣服，將傷口包紮起來。微笑著說道：「沒事了，你放心吧，死不了！」他接著低聲問道：「是誰把你傷成這樣的？」

守根望了望門口，恐懼地搖了搖頭。

苗君儒似乎明白了什麼，歎了一口氣。正要起身，卻見守根抓著他的手，吃力地在他的手心畫了幾下。

守根寫的不是字，而是一個簡單的圖案，或者像是某個符號。苗君儒皺了皺眉，沒有弄明白，他起身看著身後的那個女人。

他抱人進屋後，守根的女人就跟了進來，癱坐在門邊看著他。等他起身後，這女人突然撲過來，跪在他面前，口中嗚嗚地叫著，不住地磕頭。

苗君儒扶起女人，默默地走了出去。

守春和村裏的人仍站在外面，有幾個男人的手裏還拿著棍子和鋤頭，一個個憤怒地望著他。

俗話說：眾怒難犯。苗君儒不想和村民把關係鬧僵，於是大聲道：「請你們不要怕，我一定能幫你們殺死惡魔！」

面前的人一個個露出狐疑之色，沒有人相信他的話，守春上前問道：「你別騙我們，我們不相信的。這麼多年來，我們歷代祖先不知道請了多少降魔除妖的道士和尚，可他們進去後，沒有一個人能出來！」

苗君儒說道：「你們這就找人帶我進去，要是我三天內不能出來，你們再讓他死也不遲！」

李大虎從人群中走出來，大大咧咧地說道：「算上我們幾個！」

老地耗子把一小袋大洋和兩袋白麵扔在守春的面前：「這裏有一些大洋和白麵，受傷的兄弟就拜託村裏照應了。我可把話說在前頭，要是兄弟們受了點委屈，別怪我們翻臉不認人。」

「我也跟你進去！」隨著聲音，崔得金從人群中鑽出來。剛才苗君儒需要他說明的時候，不知道他跑到哪裏去了，現在才出現。

守春從人群裏挑了兩三個年輕人，要他們帶苗君儒去。

崔得金對苗君儒說道：「我答應了蕭司令，要照顧你安全的，為了防止萬一，我帶了幾桿槍過來！」

人群的後面站著幾個背著槍的遊擊隊員，看這陣勢，似乎早就準備好了的。苗君儒見老地耗子望著崔得金的時候，眼神閃爍不定，似乎有些畏懼，不知他究竟害怕什麼。

一行人離開抬棺村，沿著山道往皇帝谷方向走。那三個村民走在最前面，他們腰上挎著兩尺多長的砍山刀，手裏拿著棍子，每個人都用紅布包著頭，臉上用鍋底灰抹成漆黑，還背了一些吃的東西。那幾個遊擊隊員走在村民的後面，一路上嘻嘻哈哈的說著亂七八糟的事。

李大虎和老地耗子走在隊伍的中間，兩人不時低聲說著什麼。出村沒多遠，兩個人從後面追上來。是醜蛋和齊桂枝。醜蛋換了一身女孩子的打扮，頭上紮著兩條小辮。

李大虎喝道：「你們怎麼來了？」

醜蛋說道：「姐姐說放心不下李……李大哥，要我陪著她一起來！」

老地耗子罵道：「小兔崽子，你害了我一次還不夠，還想害我呀？大當家的，兩個娘們跟著走，到時候還得我們照顧她們，像話嗎？」

不等李大虎說話，齊桂枝的手腕一翻，手上出現一把刀子，說道：「在山上的時候，你親口答應我的，要是你不讓我去，我立即就死在你的面前！」

苗君儒上前說道：「大當家的，既然她願意去，就讓她去吧？我們這麼多大老爺們，還怕照顧不了一個女人？再說醜蛋進去過，到了裏面，或許能幫到我們！」

李大虎沉思了一下，說道：「好吧！」

當苗君儒望著齊桂枝的時候，見這女人的眼中似乎有一抹得意的神色。

隊伍繼續往前走，醜蛋來到苗君儒身邊，低聲問道：「我聽他們叫你苗教授，你真的姓苗嗎？」

苗君儒如實說道：「是的，我叫苗君儒，是北大的考古學教授！你問這做什麼？」

醜蛋的眼中閃現一抹異樣的神色，瞬間便消失了，淡淡地說道：「我覺得你和他們不同，隨口問問而已！」

她說完，就跑到前面去了，和齊桂枝拉著手，就像兩個一起遊玩的親姐妹。

崔得金拉了苗君儒一下，兩人故意與前面的人拉開一段距離。崔得金低聲問道：

「那個女的是什麼人？」

苗君儒便把在山洞內遇到齊桂枝的事說了，隱瞞了他原來見過她的事。

崔得金大驚，低聲說道：「據我所知，黎城大漢奸齊富貴只有一個女兒，原來在太原讀書，鬼子打太原的時候，跟著同學去了延安，去年冬天在來我們根據地的路上遇到了小鬼子，失蹤了。聽說齊富貴還給她做了一場法事，這個齊桂枝鐵定是假的。」

苗君儒問道：「什麼人會冒充她呢？」

崔得金說道：「我看她不是國民黨就是小鬼子的奸細……」

他一邊說，一邊從腰裏掏出槍，對準齊桂枝扣動扳機……

第四章

收魂亭

苗君儒感覺到身後有腳步聲和沉重喘息，
且不止一個人。
他的身形一晃，已經退到一旁，轉身望去，
見有幾個人從亭子裏走出來，步履僵硬遲緩，目光呆滯。
就像一具具殭屍。

苗君儒一見，忙迅速扣住崔得金持槍的手，食指牢牢抵住扳機，不讓他扣下去，低聲道：「她現在是李大當家的人，要是你不分青紅皂白背後開槍，把她打死了，李大當家的會放過你嗎？」

崔得金掙扎道：「我就是豁出這條命，也不能讓一個奸細到我們根據地來摸情況呀！一旦給我們根據地帶來損失，我可擔當不起！」

苗君儒說道：「你想過沒有，齊桂枝只是失蹤了，並不是死了，如果她是真的，怎麼辦？」

崔得金說道：「我們八路軍有紀律，齊桂枝若是和隊伍失散，肯定會儘快歸隊的。」

苗君儒說道：「她有沒有歸隊，你怎麼知道？再說了，到現在為止，如果她真的是一個奸細，應該找你們八路軍的駐地，不可能和一夥土匪在山裏轉，還要跟著我們去九死一生的地方。凡事都要講證據的，等我們抓到她是奸細的證據，再處理她也不遲！」

崔得金望著齊桂枝的背影，憤憤地收起槍，說道：「苗教授，我聽你的，先留她一條命！」

苗君儒換了一個話題，問道：「你在這裏一年多，就沒想過進皇帝谷？」

崔得金嘿嘿地笑了幾聲，說道：「想過，每一個知道皇帝谷的人，都想進去看一看！沒有六成的把握，我可不敢拿自己的命開玩笑！我沒來這裏之前，就聽說蕭司令手下的遊擊隊長魯大壯，帶了十幾個人進去，到現在都沒出來。我還聽說小鬼子那邊也派了人進去，也沒出來！這一年多的時間，我都在觀察那邊，每當十五月圓之時，谷內就會生起一股黑氣，直沖九天！」

月圓之時有黑氣直沖九天，就證明谷內有異類。當年苗君儒去昭陵旁邊的袁天罡墓中盜取天宇石碑時，就遇到過兩條吸收月之精華的虺蛇，差點喪身蛇口。

（此事見拙作苗君儒考古探險系列之《稀世奇珍》）

苗君儒說道：「既然這樣，你認為這次進去後能夠出來嗎？」

崔得金有些得意地說道：「其實我一直很想進去，可都沒有機會。昨天我替自己算了一卦，卦象說我遇得貴人相助，出行無恙！」

苗君儒笑道：「可是我這個貴人，卻差點死在你的槍口下。」

崔得金解釋道：「這事不能怪我，前陣子日本人經常派奸細混進根據地探聽情報，蕭司令都吃了大虧，上面命令下來，說遇上可疑分子，就地槍決！」

苗君儒說道：「不弄明白人家的真實身分，就把人殺掉，這也太草菅人命了吧？若不是蕭司令及時趕到，我豈不成了冤死鬼了！」

崔得金說道：「上個月平順縣那邊抓了兩個人槍斃了，後來才弄清楚原來是正當的商人。非常時期，那也是沒有辦法的！就當是為抗日做貢獻了，反正人民是不會忘記他們的！」

苗君儒冷笑一聲，沒有說話，那兩個人遇到這樣的事情，也活該他們倒楣，抗日勝利後，除了死者的親人外，有誰會記得他們的名字呢？至於人民忘不忘記之類的屁話，只是應付社會輿論，欺騙那些沒有文化和思想的人而已。

崔得金突然把聲音壓得很低，神秘兮兮地說道：「苗教授，你可能沒有注意到，這個村子裏沒狗的。我問過他們，他們說從祖上開始，就從來沒有養過狗。我查過，曹操是屬羊的，孫權是屬狗的，從命理上來說，是曹操的剋星。曹操生前就不喜歡狗，也不准部下養狗……」

苗君儒其實已經注意到了，整個村子確實沒有一條狗。看來，崔得金在弄清皇帝谷真相方面，確實下了不少功夫。

苗君儒淡淡地說道：「你還知道什麼？」

崔得金望著遠處，失落地說道：「村裏的人從來不對外說起祖上的事，我在這裏一年多，費了很大的勁，也沒真正弄清楚他們為什麼生活在這裏！」

苗君儒說道：「村裏有一個叫老半仙的人，你知道吧？」

崔得金的臉上掠過一抹狐疑之色，說道：「一定是醜蛋告訴你的，對不對？老半仙是村裏最有權威的人。」

苗君儒說道：「老半仙的手裏有一本書，你知道是什麼書嗎？」

崔得金說道：「我也聽說老半仙手裏有一本曠世奇書，幾次找他聊，想看看是什麼書，可他就是不答應。他被鬼子殺了之後，我看到他手裏捏的一頁紙，就是從那本書上扯下來的，紙上的內容是六爻八卦。我懷疑那本所謂的曠世奇書，其實是一本算命書，不是被燒，就是被鬼子拿走了，剩下的那頁紙，放在守春的家裏。」

苗君儒疑惑地問道：「醜蛋沒有上過一天學校，卻能寫出一手的好字，是怎麼回事？」

崔得金說道：「村裏的男人都識字，可他們識的是過去的字，還得是隸書。同樣的字，宋體就看不懂了。我打聽過，都是老半仙教他們的。」

苗君儒問道：「守根身上分明是刀傷，可守春說他是被狼咬的，他到底去了什麼地方，村裏人說的惡魔，到底是什麼東西？」

崔得金微微笑道：「你問我，我問誰去？」

苗君儒不再說話，默默一笑，他跑去向李大虎要消炎藥，並沒有看到崔得金。他為守根縫傷口止血，前後時間長達半小時。在這半小時的時間內，崔得金也沒有出現，等到他和李大虎他們去皇帝谷，崔得金才從人群中鑽出來。這麼長時間內，崔得金去了哪裏，做了什麼，沒有人知道。

這個八路軍幹事的身上，和那個齊桂枝一樣，有著別人無法知道的秘密。

爬上一道山梁，見山梁上有一間破亭子，亭子不大，長寬約四五米，是用方方正正的石頭壘成的，亭子頂上有的地方已經坍塌，但仍可遮風擋雨。

最先走進亭子的村民發出一聲驚呼，崔得金再也顧不得與苗君儒說話，急忙趕上前去。

當苗君儒走進亭子時，見地上躺了一具屍首，崔得金蹲在屍首的旁邊，臉色很難看。

李大虎和老地耗子站在一旁，那屍首的身上，穿著八路軍的軍服。從屍身僵硬的程度上看，死了至少三天。

死者的右手緊緊握著一支盒子槍，槍裏的子彈一顆都沒少。也就是說，當死者意識到危險來臨，想要拔槍抵抗時，就已經遭了毒手。

崔得金對苗君儒說道：「他就是蕭司令派來的通訊員，我去見你之前，他就已經回去了，怎麼會死在這裏呢？」

屍體身上沒有任何傷痕，但是屍體的嘴巴張開，臉上盡是極度恐懼之色，肌肉烏黑腫脹，眼睛大睜著，眼膜充血。

老地耗子慢悠悠地說道：「這毒可厲害，不知道是誰下的。」

苗君儒說道：「他是被嚇死的。」

老地耗子問道：「你怎麼知道他是被嚇死的？」

苗君儒見一個遊擊隊員要去合上死者的眼睛，忙叫道：「不要碰！」

那個遊擊隊員嚇得臉色鐵青，連忙把手縮回來。

苗君儒接著說道：「屍體脖子以下的皮膚都很正常，但臉上卻像是中了劇毒。所以我說他是嚇死，而不是被毒死。」

崔得金說道：「他是和我分開之後才死的，從村子走到這裏，也就半天的時間，大白天的，不可能有什麼怪物出現，怎麼會嚇死呢？」

苗君儒說道：「能夠把人嚇死的，不一定是什麼怪物！」

他起身在亭子裏轉了一圈，見亭子的東南角落裏有一些茅草，茅草上有被人躺過的痕跡。旁邊的地上還有一個土坑，坑內有灰燼。從灰燼的顏色看，絕對不是近幾日燒出來的。

崔得金站起來說道：「他去蕭司令那裏，不應該走這條路呀！從山腳那條路繞過去，直接往東北方向走就行！」

苗君儒說道：「他既然死在這裏，肯定有死在這裏的原因。這條路又是通向哪裏的呢？」

崔得金說道：「是村民上山砍柴的山路，通向皇帝谷那邊的。村民們砍柴回來，躺在草堆上休息一下，天冷的時候，還可以在這裏烤火。站在這座亭子的前面，可以看到山下的幾條路。我以前也經常來這裏，還安插過一個觀察哨。」

苗君儒問道：「那為什麼現在不安插了？」

崔得金看了一眼李大虎他們，說道：「苗教授，這個問題我等下再告訴你！」他接著對那幾個遊擊隊員說：「就在亭子邊上找個地方把他埋了，回頭我告訴蕭司令！」

苗君儒沒有再理會崔得金，在亭子裏轉了一圈之後，獨自走了出去。站在門口，他這才注意到兩邊的石柱上刻著一副對聯，是隸書的字體，筆法蒼勁有力，右邊的上聯是：福兮禍兮禍福來兮；左邊的下聯是：人兮鬼兮人鬼去兮。

這上聯倒還有點意境，只是配上下聯，就顯得不倫不類。

看完這副對聯，他突然覺得背脊微微發涼，似乎有一種莫名其妙的恐懼。他定了一下心神之後，那種恐懼感驀地消失了。

亭子外面的東南西北四個方位上，各有一隻大石龜，石龜舉足仰首，嘴巴微微張開，似乎在對天長嘯。

他走過大江南北的許多地方，見過不少奇形怪狀的亭子，像這種亭子外面有石龜的，還是第一次見到。

一般的亭子都有名字，可是門楣上方空空如也，連一塊木板都沒有。

他剛才在裏面看的時候，見亭子的四周都是石塊，與外面不同的是，亭子裏面卻是圓的。圓頂的上方畫著一個巨大的陰陽太極圖，牆壁光滑如鏡。

好奇怪的亭子！

他站在亭子外面眺目遠望，只見群山重巒疊嶂，驀然之間，令人禁不住心旌蕩漾起來，一股氣吞山河的雄心壯志油然而生。

不愧是一處風水寶地，連活人站在這裏都想縱橫天下。

皇帝谷就在山梁的另一邊，可以看見谷口的那座破廟，但山谷內籠罩著一層霧氣，朦朦朧朧的，根本看不清裏面的景象。

遠近的景色、幾條連綿山路都盡收眼底，抬棺村就在對面的山坡上，看上去似乎並不遠，可實際上，從村子走到這裏，他們足足走了三四個小時，眼見已經過了晌午。

轉身的時候，他看到腳邊有一樣東西，彎腰揀了起來，放進口袋裏。他見崔得金也從亭子裏走出來，於是上前問道：「這座亭子應該有個名字吧？」

崔得金說道：「叫收魂亭。」他指著左側一處凹陷的地面，接著說道：「原來這裏有一塊青石碑，上面有收魂亭三個字，今年春天鬼子掃蕩到這裏，把石碑給炸了！」

石碑被炸了，但是亭子卻沒有被燒，這種情形完全不符合日軍的作風。苗君儒原來經過一些被日軍洗劫過的村子時，從來沒有見過一棟完好無損的房子。可是他面前的這座亭子，除自然倒塌的地方外，並未有半點人為破壞的樣子。

凹坑距離亭子的石牆面不過三四米，如果石碑真是被炸的話，炸起石屑肯定會在石牆上留下斑斑點點的痕跡。

他肯定崔得金在說謊，只是他不願去揭穿，崔得金既然騙他，肯定有騙他的道理，就算他當面揭穿，也未必能得到真正的答案。

苗君儒望著那凹坑，說道：「收魂亭，好奇怪的名字。」

崔得金說道：「這還不算奇怪！更奇怪的是，前面山腰有一塊石頭和鏡子一樣。遇到暴雨打雷的天氣，石頭上會出現很多人的影子，還有許多很奇怪的聲音，村裏的人都叫那塊石頭為鬼影石。」

那種現象並不值得奇怪，無非是石頭含鐵量高，在特定的自然條件下，那塊石頭具備一定的磁性，把當時的情形和聲音「錄製」了下來，每當雷電天氣，石頭的磁場發生變化，將「錄製」的畫面和聲音釋放出來。苗君儒在雲南那邊考古時，也遇到過類似的山谷岩壁。

崔得金見苗君儒眼中有少許不屑之色，便繼續說道：「我知道苗教授見多識廣，以為那塊石頭是個磁場，把古代的人和聲音都錄下來了。可是你不知道，如果雷電天氣有人站在鬼影石的前面，會把人吸進去。」

苗君儒「哦」了一聲，問道：「你親眼見到有人被吸進去嗎？」

崔得金說道：「當時，我聽別人說時，也像你一樣不相信，可是我親眼見到兩個人被吸進去了。被吸進去的是他們的裸身，身上的衣物和武器都落在鬼影石前。」

苗君儒問道：「當時那塊石頭前面有幾個人？」

崔得金說道：「包括我在內，有七八個人。鬼影石的吸力非常大，那兩個人被吸進去時，我們怎麼拉都拉不住。」

苗君儒繼續問道：「是不是他們兩個人距離那塊石頭很近？」

崔得金搖了搖頭，說道：「距離鬼影石最近的是我……」

正說著，亭子另一邊傳來叫聲：「崔幹事，你過來看一下！」

苗君儒和崔得金走過去，見剛挖出的土坑內露出一截圓乎乎黑黝黝的東西，不知道是什麼。李大虎他們也圍了過來，指指點點地說著。

崔得金說道：「埋在地下的，肯定是古物，苗教授，這方面你在行，你看是什麼東西？」

這東西露出來的部分大約一尺，呈圓柱形，直徑約二十釐米，上下一樣粗細，苗君儒用棍子輕輕敲了敲，感覺是鐵的。

若是鐵的東西，埋在地下那麼多年，通常都會氧化生銹，不可能連一點鏽跡都沒有。他用手拍了拍那東西，說道：「繼續往下挖！」

往下挖了兩三米，仍是老樣子，不知道這根柱子埋了多深。幾個遊擊隊員躺在土坑邊喘著粗氣，不願再繼續挖了。

苗君儒一躍跳到坑裏，用手撫摸著柱子，柱子通體光滑，沒有任何雕琢的紋理，看了半天，連他都不知道柱子是什麼材質。但有一點卻可以肯定，那絕對不是鐵。

遊擊隊員在其他地方挖了一個坑，把那死去的通訊員埋了。找了一根粗樹枝立在墳前，用刀削出一個平面，也不知道該在上面寫些什麼。崔得金想了一會兒，用刺刀在木板上刻下「無名烈士之墓」幾個字，總算是對死者有了一個交代。

幹完這些活，天色已經不早，崔得金說道：「苗教授，還沒走到皇帝谷口，天都已經黑了，我看今天晚上就在這亭子裏歇息吧！」

李大虎說道：「晚上進去不好，就在亭子裏住上一晚，明天一早動身！」

老地耗子低聲說道：「大當家的，我聽說這個亭子邪門得很，能把大活人變成殭屍，要不，我們再往前面走一點，找一處避風的地方歇息，你看怎麼樣？」

崔得金說道：「要走你們走吧，我的人留下！」

李大虎哈哈大笑道：「一起來的，怎麼可以分開。兄弟們，別讓八路笑話我們膽小。今晚就住這，這麼多人還怕了一個破亭子不成？老地耗子，要是我變成了殭屍，你一槍把我崩了！苗教授，你不是說會法術的嗎？幫忙看看這亭子，到底邪門在哪裏？」

苗君儒沒有搭話，仍在坑內看著那根柱子，出外考古這麼多年，像這樣的東西還是第一次見到。不服輸的性格和對考古科學的執著，使他顧不上和崔得金搭話，低著頭仔細看著面前的柱子。看了好一陣子，他跳出土坑，朝四周的山脈看了看，拍了一卜腦袋，自顧自地說道：「我怎麼就沒想到呢？」

崔得金忙問道：「苗教授，你想到了什麼？」

苗君儒指著周圍的山脈說道：「你看，四周的山勢都比較陡峭，但高度都低於這裏，唯獨我們這裏比較平緩，如果皇帝谷真有墓穴的話，從風水學上來說，這裏就是文峰所在。如果文峰太平，則失去其作用，故而在地下埋一根柱子。有了這根筆桿，就成了真正的文峰。曹操雖是一代奸雄，卻是一個有修養的文人，一生崇尚文學，所以他希望後代出文人。」

崔得金問道：「按你的意思，可以肯定葬在皇帝谷裏就是曹操了？」

苗君儒說道：「我只是這麼推測，還不能肯定！如果我沒有猜錯的話，這根柱子的長度應該在三丈以上。不要說我們這幾個人，就是再加上十幾個人，也不見得能夠挖得出來！」

崔得金看著皇帝谷那邊，說道：「從這裏到皇帝谷口，最起碼要走大半天，苗教授，今晚就在這亭子裏住下，養足精神明天一早過去，你看怎麼樣？」

苗君儒見那幾個村民和遊擊隊員分別在旁邊的山林內尋找乾柴，以備晚上燒火取暖用，就算他不答應也沒用。

夜幕降臨的時候，大家吃了一些烤地瓜，圍著火堆各自找地方躺下。苗君儒坐在火堆邊，聽著他們說話，崔得金坐在他的對面，從挎包中拿出小本子，借著火光用鉛筆頭在本子上寫著。

李大虎和老地耗子低聲說著話，醜蛋和齊桂枝偎依在一起，顯得很親熱。時已入秋，山區的夜裏很冷，山風從外面吹來，有些許的寒意，苗君儒緊了緊衣服，和衣躺下，瞇上眼睛想著這幾天來發生的事。興許是太累的緣故，想著想著竟睡了過去。

不知道什麼時候，他被一種奇怪的聲音驚醒。在野外考古多年，他已經形成了自然的習慣，每當危險來臨之時，便會從睡夢中驚醒。

苗君儒睜開眼睛，見火堆已經熄滅了，空氣中有一股淡淡的香味。那幾個村民和遊擊隊員都睡得很沉，亭子內的鼾聲很響。他仔細看了看，並沒有發現崔得金。

亭子外月色如銀，好像有人在說話，聲音顯得壓抑。

他偷偷起身，輕手輕腳地走出去。側身在陰影裏，見不遠處站著兩個人，其中一個人正是崔得金，另一個則不知道是什麼人。他們低聲說著話，由於說話的聲音很低，他聽得不是很明白，隱約聽到「……明天……所有人……應該是……很多……」之類的話，不過，這些話裏，有兩個詞引起他的注意，那就是「……藥品……黃金……」

臨走的時候，那個人拍了拍崔得金的肩膀，轉身走了。待那人的身影消失在山道上時，崔得金說道：「苗教授，你出來吧！」

苗君儒走到距離崔得金四五米的地方站定，問道：「李大虎他們呢？」

崔得金說道：「在你睡著的時候，他們就走了。那個土匪頭子還要我跟你說一聲，在前面的山坳裏等我們！」

苗君儒問道：「剛才那個人是誰？」

崔得金說道：「你沒必要知道！」

苗君儒說道：「你在火堆裏放了迷香，所以他們都睡得那麼死！你堅持要在這住一晚，是為了方便和那個人見面，是吧？」

崔得金並不反對，而是說道：「苗教授，作為一個考古學者，難道你不想揭開千古之謎麼？」

苗君儒說道：「有些歷史之謎，寧可讓其隱沒於歷史中，也不能讓後人知道真相。你不是做學問的，你不懂！」

崔得金說道：「我是不懂，但是我知道，曹操生前挖了那麼多帝王的陵墓，可是傳到他兒子曹丕的手上時，連賞賜有功將士的錢都沒有了，那麼多黃金和寶物，你猜是藏在什麼地方？」

曹操生前賞賜有功將士，都是很豪爽的，除了黃金白銀外，還有女人和布帛。三國志上說他為了拉攏關羽，三天一小宴，五天一大宴，上馬一提金，下馬一提銀。小說雖然有杜撰之嫌，但能說明一個問題：那就是曹操的金銀很多。

相對於曹操，魏文帝曹丕和魏明帝曹叡則很吝嗇，史料上很少有他們賞賜有功之臣的記載，即便是有，也是相當刻薄的。正因為如此，在曹丕死後，一些有功之臣都倒向了平易近人的司馬懿那邊。

司馬懿當初跟著曹操那麼多年，學了不少曹操的性格和籠絡人心的手段，所以《晉書》上說他是「帝內忌而外寬，猜忌多權變」。

齊王曹芳即位後，實際上掌權的人是司馬懿，司馬懿攻公孫文懿的時候，時值隆冬季節，天寒地凍，兵士們還穿著夏裝，當時的朝廷已經財政赤字，沒錢給軍士購置冬衣。司馬懿打退了東吳之兵，凱旋還朝後，曹芳會集百官，盛宴慶賀，並對司馬懿和司馬師、司馬昭厚加賞賜。司馬懿父子三人所得到的厚加賞賜，只不過數百匹薄絹和幾塊封地而已。

司馬昭之子司馬炎廢黜曹魏皇帝曹奐而稱帝，建立西晉，要做的第一件事，就是秘密派人挖掘高平陵和尋找真正的高陵。

史料中稱司馬炎即位後生活極為簡樸，幾乎是「衣為粗布食為粥」，並採取一系列經濟措施以發展生產，屢次責令郡縣官勸課農桑，並嚴禁私募佃客。又招募原吳、蜀地區人民北來，充實北方，並廢屯田制，使屯田民成為州郡編戶。晉武帝為什麼要那麼做，歸總就是兩個字「沒錢」。

為時僅五十一年的西晉王朝，縱觀其歷史，竟如魏朝一樣，對於有功之臣的賞賜，大都用土地和布帛，極少用金銀。雖說有「石崇與王愷爭豪」的故事流傳，可都是後代的文人根據傳說寫出來的。就如一個餓暈了的人，希望得到一大碗肉一樣。貧窮的西晉王朝，多麼希望國內有石崇與王愷那樣的富裕戶呢？

結合所有的歷史疑問，不難看出魏晉之前所有的黃金白銀，都莫名其妙地失蹤了，唯一可以讓人揣測的，就是被曹操帶到了地下。因而自西晉以來，歷朝歷代都沒有放棄尋找真正曹操墓的行動。

曹操終歸是曹操，一代奸雄的心計，又豈是別人所能揣摩的？

苗君儒說道：「你認為真正的曹操陵墓裏，會有數不清的黃金和白銀？」

崔得金說道：「不僅僅是我，很多人都那麼想的！姓李的土匪，不也想拚了命進去……」他望著苗君儒的身後，眼中露出驚駭之色。

苗君儒也感覺到身後有腳步聲和沉重喘息，不止一個人。他的身形一晃，已經退到一旁，轉身望去，見有幾個人從亭子裏走出來，步履僵硬遲緩，目光呆滯。就像一具具殭屍。

苗君儒驚道：「老地耗子說這亭子能把活人變成殭屍，原來是真的？」

崔得金說道：「你問我為什麼不在這裏安排觀察哨了？答案就在你面前！在亭子裏休息的人，有一些會被亭子收了魂，變成行屍走肉，而且還會吃人！」

苗君儒說道：「你既然知道，還要大家住在這裏？」

情況容不得他多說，那幾個人像瘋子一樣朝他撲了上來。

苗君儒的手臂雖然有傷，但要想躲開那幾個人的攻擊並不難。當那幾個人朝他撲過來時，他並不躲避，反而迎了上去。他的身影在那幾個人中間蛇形穿過，那幾個人登時像木樁一樣站在那裏不動了。

崔得金說道：「我差點忘了，你向道士學過法術，對付幾具殭屍不成問題的！我父親教過我一些對付殭屍和驅除厲鬼的小法術，可我一次都沒用過。」

雖然月光皎潔，但苗君儒手法太快，崔得金沒看清那幾個人是被點了穴的。

苗君儒一步一步走近崔得金，說道：「你只不過是八路軍的一個小幹事，能耐可是不小。就為了等那個和你見面的人，居然讓他們都變成殭屍？」

「他們只是失去了魂魄，並不是真正的殭屍，我有辦法救他們！」崔得金抬頭看著懸在夜空中的月光，不疾不徐地說道：「苗教授，今晚是陰曆十五，站在這裏，是觀看那股黑氣的最佳場地。」

苗君儒說道：「看來，你不止一次在這裏觀察那股黑氣！」

崔得金的眼睛仍望著月亮，說道：「再過一會兒，等月上中天之時，那股黑氣就出現了！」

苗君儒說道：「你還沒告訴我，怎麼救這些失去魂魄的人？」

崔得金說道：「只要能把他們控制住，等天亮之後，從他們的身上弄點血，塗到亭子的石牆上，再從裏面一塊石頭上刮下一些粉末，和著水給他們灌下，用不了多久，他們就會醒來。醒過來後的人對之前發生的事情一無所知，就像做了一場夢一樣。村裏的人稱此為以血還魂。」

苗君儒說道：「你也是睡在裏面的，難道不怕被亭子收了魂去？」

崔得金從胸前拿出一塊東西，說道：「這是我祖上流傳下來的上古玉佩，是請得道高人開過光的，任何邪物都近不了我的身，所以我不用怕！」

苗君儒身上也有一塊玉佩，同樣是祖上傳下來的，有祛邪避凶的功效。（詳情見拙作苗君儒考古探險系列之《盜墓天書》）

亭子後面有亮光顯出，兩人不由自主地走過去。

只見下午挖出來的那根柱子，在月色的映照下，發出藍色的光，且光線越來越強。

苗君儒跳下坑，伸出手去。他的手還未碰到柱子，就感覺從柱子上傳遞過來一股很強的電流，他連忙縮回手，跳出坑外。

崔得金問道：「苗教授，你沒事吧？」

苗君儒說道：「沒事，這根東西上好像有電，而且電力很強大！」

崔得金高興地說道：「這可是根寶物，把它挖出來，一定能賣不少錢！」

苗君儒有些厭惡地看了崔得金一眼，有些歷史文物屬稀世奇珍，絕不能用金錢去衡量的。一個人若是掉到錢眼裏，就失去人生的真正價值了。感覺到身後有腳步聲，他瞬間轉身，見一個人從亭子裏走出來。

崔得金叫道：「虎子，你沒事吧？」

「沒……沒事呀！」被稱作虎子的人，一邊用手揉著眼睛，一邊說道：「他……他們幾個是怎……怎麼啦，真的變……變成殭屍了？」

崔得金說道：「沒事，他們被苗教授用法術定在那裏了，等明天太陽一出來就活了。」

虎子走到土坑邊上，說道：「你們在幹……幹什麼？咦，這根柱子……會發……發光呢？」

他能夠說話，而且步履很正常，苗君儒確定虎子沒有被亭子收了魂去，說道：「崔幹事說這東西很值錢，明天先把它埋起來，等你們有空了，再來挖！」

虎子驚奇地看著柱子，說道：「崔……崔幹事早就說這山上有寶……寶物，可蕭……蕭司令就是不……不相信，還叫大……大家不要靠……靠近這邊。真不……不知道他是怎……怎麼想的。隊伍缺……缺衣少……少食，彈藥也不……不多，傷患躺……躺在床……床上痛得嗷嗷叫，要……要是……」

崔得金叫道：「虎子，別亂說！」接著對苗君儒說道：「虎子是個好同志，打仗也勇敢，就是說話不太靈光！」

虎子一副很不高興的樣子，低咕道：「蕭……蕭司令都不說俺，你憑……憑啥說俺說……說話不……不靈光，就……就你說……說話靈光？跟……跟著你的那幾……幾個同志……到現在還……還沒弄清……是怎……怎麼死的……」

崔得金拔出槍叫道：「別以為你是蕭司令的人，老子就不敢把你怎麼樣。你再亂說話，看老子不斃了你？這地方很邪門的，死的又不是只有他們幾個！今天那個通訊員你也看到了，我怎麼知道他是怎麼死的？」

虎子頓時不吭聲了。

這根柱子發出的亮光由藍轉綠，照得他們三個人臉上一層詭異的綠色。虎子想要下坑去摸，卻被苗君儒拉住，低聲說道：「最好不要亂動！」

虎子說道：「真……真是根寶……寶物呢，我就……就摸摸……」

他用力掙脫了苗君儒的手，跳到坑裏，撫摸著那根柱子，口中不斷發出「嘖嘖」的聲音：「真……真像西遊記裏孫……孫猴子向老……老龍王要的金……金箍棒，這頭上也沒……沒個金……金箍呀！」

苗君儒說道：「虎子，你有沒有覺得這根柱子會電人？」

虎子扭頭道：「沒……沒有呀！」

苗君儒跳到坑內，伸手去摸那柱子，不料手還未觸及，仍像剛才那樣感覺有很強的電流。

崔得金笑道：「苗教授，這根寶物不喜歡你，不想讓你碰呢！」

虎子那兩隻摸著柱子的手，竟也發出綠光，嚇得他連忙鬆開，但是此時，他的胸前居然發出一道紅光，瞬間罩住他的身體，手上的綠光漸漸消逝不見了。

崔得金問道：「虎子，你的胸前是不是掛有什麼寶物？」

虎子跳出土坑，說道：「不……不是寶物，是俺娘給……給俺的護……護身符，說是上……上了戰場，連子……子彈都繞……繞著俺走！」

虎子從胸前扯出一根用紅絲帶繫著的小袋，在他們面前晃一下，又放回去。

不少士兵的身上，都會有家裏人到菩薩那裏求來的護身符。有那東西在身上，心裏面多少有些安慰，至於上了戰場靈不靈，則是另外一回事。

苗君儒聽出了虎子的口音，問道：「你是本地人？」

虎子說道：「是呀，俺是上……上莊的！當兵三……三年了，原……原來跟著蕭……蕭司令專門打小……小鬼子和二……二狗子，上個月蕭……蕭司令讓俺來……來這裏，俺不……不樂意，還被……被他罵了呢！」

苗君儒正要說話，只覺得那根柱子的綠光漸漸暗淡了下去。崔得金指著遠處說道：「苗教授，看那邊！」

月色下，只見皇帝谷中冒起一道沖天黑氣，足有幾百丈高，如一座巨大的煙囪一般，一直伸到月亮裏。

虎子叫道：「媽呀，那……那是啥……啥玩意？」

崔得金說道：「妖氣！」

虎子叫道：「那……那麼大的妖……妖氣，得是多……多大的妖呀？跟小……小鬼子拚……拚命俺不……不怕，可碰……碰上了吃人的妖……妖怪，可……可就嚇……嚇死人了！」

苗君儒說道：「你身後就有一隻呢！」

虎子聞言急忙扭頭，見一個眼睛閃著綠光的黑影，就站在他的身後……

第五章

靈異鬼影石

崔得金有些恐懼地看著鬼影石，說道：
「快走，快走，不要在這裏停留。
要是被鬼影石吸進去，連骨頭都不剩一根！」
他的話音剛落，平地捲起一陣怪風，
吹得大家的眼睛都睜不開。

苗君儒的武術功底並不差，沒離開北京的時候，他還曾經與幾個武術派系的掌門人切磋，無不敗在他的手下。在無數考古途中多次身臨險境，也是仗著高超的武藝脫險。被他點中穴位的人，少則兩三個時辰，多則四五個時辰，才能恢復過來。

可是眼下，那幾個被他點中穴位的人，前後不過半個小時，就能動彈了。幾個黑影如殭屍一般，朝他們三個人衝過來，動作僵硬卻不慢。

虎子嚇得「媽呀」一聲，腳下一滑，恰好躲過兩隻伸向他脖子的手。接著飛起一腿，踢中殭屍的下腹，將殭屍踢退幾步。

苗君儒微微一怔，虎子避開殭屍的身法，像極了豫西許氏形意拳中的「臥地靈貓」，而那一腿，正是許氏形意拳的絕招「倒踢金蟬」。

許氏的祖上曾是嵩山少林寺裏的俗家弟子，以少林拳為根基，結合中原各派的武術拳法，創立了許氏形意拳。有一次他在洛陽參加武術盛會，見識過許氏門人打的許氏形意拳。

想不到八路軍隊伍裏有這麼能人，連一個普通的遊擊隊員，也是武術高手。

崔得金一邊躲避殭屍的進攻，一邊叫道：「苗教授，你的法術不靈。得想辦法把他們幾個都捆起來！」

苗君儒一腳踢開一具殭屍，叫道：「崔幹事，我的法術不靈，你為什麼不試試你的法術呢？」

崔得金似乎醒悟過來，忙從黃布包內拿出幾張畫符的黃表紙，咬破中指，把血抹在紙上，口中念念有詞，趁著避開殭屍的空檔，將黃表紙沾在殭屍的額頭上。那具殭屍被定住，登時不動了。

等到幾具殭屍都被定住後，崔得金這才鬆了一口氣，擦了一把頭上的冷汗，說道：「幸虧有苗教授及時提醒，否則著了幾具殭屍的道，差點被他們給吃了！」

虎子拍了拍一具殭屍，笑道：「崔……崔幹事，真……真管用呵，要……要是這紙片能對……對付小……小鬼子，那……那該有多好？」

崔得金說道：「這是專門對付殭屍的，活人不行！」

虎子走過來說道：「崔……崔幹事，那你那……符給俺幾……幾張，以後再碰……碰上殭……殭屍，就不……不用你一……一個人貼了，俺幫……幫你貼……」

崔得金說道：「這是鎮屍符，你以為誰都能貼呀？要念驅魔咒的。」

虎子說道：「你……你教俺念不……不就行了嗎？」

崔得金說道：「你還是省省吧，就你那說話的樣子，別說念驅魔咒，念驅蒼蠅蚊子咒都不行！念錯一個字，別說鎮不了殭屍，弄不好把自己的命給丟了！虎子，你把他們幾個扛到亭子裏去，別讓月光照著。」

虎子問道：「照……照著又怎……怎麼了？」

崔得金罵道：「叫你扛就扛，你囉嗦什麼？」

苗君儒說道：「月光會助長殭屍的魔性，崔幹事是怕照的時間長了，鎮屍符鎮不住他們。來，我跟你一起扛！」便與虎子一起，把幾具鎮住的殭屍扛進亭子裏，並排放到一處角落裏，亭子裏面那幾個沒有變成殭屍的人，呼嚕聲打得山響，誰都不知道外面發生了什麼事。

他走出亭子，見崔得金站在坑沿，望著山谷裏的那道黑氣。剛才被幾具殭屍攪和一陣，時間過去了半個多小時，明晃晃的月亮已經西斜，那道黑氣也不如原先那麼粗大，似乎淡了許多。

崔得金說道：「過一陣子，黑氣就消失了。苗教授，谷裏有什麼邪物嗎？」

苗君儒說道：「這很難說，看到才知道！」

兩人就那麼站著，眼看著那道黑氣漸漸消失。

回到亭子裏，見虎子重新燒起了火堆，正在火堆邊打盹。苗君儒找了個近火堆的位置躺了下來，腦海中想著方才發生的事。

據他所知，共產黨人都是無神論者，八路軍的隊伍裏，也絕對不允許迷信的存在。可是崔幹事在他和虎子的眼前，居然毫不忌諱，拿出鎮屍符來鎮住幾具殭屍。那些鎮屍符，肯定是崔得金事先就準備好的。

抬棺村處於太行山腹地的山坡山，前後二三十里地沒有別的村落，從地形上考慮，也不具備任何戰略價值。八路軍派一個懂風水和道家法術的人守在那裏一年多，究竟有什麼用意？

當苗君儒醒來的時候，亭子外面有陽光透進來，還傳來說話聲，放在角落裏的幾具殭屍已經不見了。

他起身走了出去，見昨天晚上變成殭屍的那幾個人已經和正常人一樣，正在收拾行李，有兩三個還互相開著玩笑。

空地上有幾灘墨綠色的嘔吐物，空氣中飄盪著一股淡淡的腥臭。

挖出柱子的那個坑已經被填平了，上面蓋上一層老土，若不仔細看，還真看不出曾經被挖開過。

虎子走過來道：「苗……苗教授，你醒了？我……我們早醒了，可崔……崔幹事說讓……讓你多……多睡會兒……」

苗君儒朝崔得金問道：「為什麼不叫醒我？」

崔得金說道：「你昨晚太累了，想讓你多休息一會兒。」

苗君儒問道：「昨天晚上的那幾個人沒事吧？」

崔得金說道：「沒事！」

收拾好東西，大家繼續往前走。這一次崔得金走在隊伍的最前面，不斷看著道路的兩邊，好像在尋找什麼人留下的痕跡。

苗君儒最後一個離開，當他轉身看一眼昨天晚上住過的亭子時，驚奇地發現原本在右邊的上聯，居然變成了：人兮鬼兮人鬼去兮，而左側的下聯，卻成了：福兮禍兮禍福來兮。

那四隻石龜仍是老樣子，不過那龜眼卻隱隱露出一絲紅色，顯得十分詭異。

苗君儒當卜心中一凜，暗道：好邪門的亭子。

經過通訊員的無名烈士墓時，苗君儒用手在樹枝墓碑上重重地按了一下，心道：兄弟，我知道你死得不明不白，放心吧，我一定會找出殺死你的兇手，為你報仇。

從收魂亭到李大虎他們宿營的山坳裏，並沒有多遠，走一個多小時就到了。沿途每隔一段路，崔得金都會撿起一段樹杈，那是他和李大虎約定的標記。

土匪真會選地方，在這處山坳裏，有一塊向前凸出的大岩石，下方自然形成遮風擋雨的大凹洞，睡在這種地方，比睡在破亭子裏舒服多了。最重要的是，大凹洞兩頭各有一段險要的山路，山路緊貼著岩壁，寬不過兩尺，下方都是深溝，臨近大凹洞的地方恰好有一個直角拐點。人若躲在拐角的岩石後，前方視野開闊，一眼就能看到遠處走過來的人。

苗君儒站在岩石後面，不由自主地說道：「這樣的地形，當真是一夫當關萬夫莫開，只要有一個人守在這裏，即使前面有千軍萬馬，都衝不過來。」

虎子笑道：「這算……算什麼？俺們這裏像這……這樣的地……地形多得很，小……小鬼子不……不敢進來，都……都在山外晃悠呢！上次俺陪蕭……

蕭……司令去黃……黃崖洞那邊，那才叫……叫好地形呢！小……小鬼子就……就是去一個聯……聯隊也……也衝……衝不上去……」

崔得金瞪了虎子一眼，說道：「你跟蕭司令去那裏做什麼？」

虎子一本正經地說道：「去……去領武……武器呀！你還……還不知道吧，那……那裏現在成了俺們的兵……兵工廠了……造的武……武器可好使了，一點也不……不比小……小鬼子的差！」

崔得金說道：「別亂說！當心洩露軍事機密！」

虎子望著苗君儒笑道：「這……這裏就他一個外……外人，俺看他是個好……好人……」他朝四周看了看，繼續說道：「咦……他……他們的人呢？」

崔得金說道：「李大腦袋說在這裏等我們的，不可能先走的。」大凹洞的地上鋪著一層乾茅草，很凌亂，中間有一個小土坑，坑裏有幾根正在燃燒的木柴。

火還沒滅，人去哪裏了？

虎子說道：「他……他們會不會先……先走了？」

苗君儒說道：「不可能。以土匪的行事風格，每在一處野外留宿之後，臨走

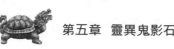

都會盡可能的消除痕跡，以免被人尋著痕跡追來。除非發生了什麼急事，逼得他們來不及滅火就離開。」

他見火堆旁邊的地上隱隱有幾個字，仔細一看，認出是醜蛋留下來的隸書：姐姐殺人，速救之。

醜蛋所指的姐姐，自然就是齊桂枝，那麼漂亮的女人混在這幫土匪當中，難免有土匪色膽包天，趁著黑夜想揩油。齊桂枝羞怒之下，或許失手把個土匪給殺了。按照道上的規矩，外人殺了自家兄弟，肯定要抵命的，就算李大虎想保住這個剛收的妹子，也應該給其他的兄弟們一個答覆。

苗君儒想不明白的是，齊桂枝被抓來後一直關在山洞裏，土匪們要想污辱她，早就污辱了，何苦等到現在呢？

崔得金也看到那幾個字，說道：「苗教授，怎麼辦？」

苗君儒說道：「火堆裏還有火，他們沒走多遠，我們追！」

崔得金說道：「再往前就到鬼影石了。苗教授，我看算了，那是他們內部的事，我們管不了。我們和他們向來井水不犯河水的，我勸你也別多事，別惹來不必要的麻煩。」

苗君儒說道：「你們不管，我管，如果有麻煩，就讓我一個人惹好了！」

他說完，快步往前面追去。對於齊桂枝的安危，他並不擔心，他相信那個女人能夠擺得平李大虎手下的兄弟。倒是醜蛋令他放心不下，一路上，他發覺老地耗子總是用一種怨毒的眼神望著她。小女孩才那麼大，怎麼知道人間險惡，危險就在身邊呢？

一旦老地耗子借勢發難，醜蛋肯定凶多吉少。

鬼影石。其實就是一塊五六個平米見方的大石壁，石壁表面光潔如鏡，人站在石壁面前，能清楚地照見自己的影子。

大石壁與山岩連成一體，奇怪的是，周圍的山岩都是褚紅色，就這塊石壁通體墨黑，石壁與山岩的界限異常分明。

此刻的鬼影石前站著幾個人，李大虎用身體護著齊桂枝和醜蛋，老地耗子的手裏拿著槍，和另外幾個人站在一邊，虎視眈眈地望著李大虎。

苗君儒疾步跑上前說道：「大家都不要亂來，聽我說一句！」

李大虎問道：「你怎麼來了，他們人呢？」

苗君儒說道：「都在後面。崔幹事說你們會在那裏等我們的，我們一早趕到，沒見著人，所以我就趕過來了。大當家的，這是怎麼回事？」

老地耗子說道：「姓苗的，這是我們的事，你不要來蹚這淌渾水。」

苗君儒說道：「在山洞裏的時候，我們說好去皇帝谷裏找那眼泉水的，現在還沒有進谷，怎麼就起內訌了呢？」

醜蛋哭道：「他們要殺姐姐！」

苗君儒說道：「她原來是你們綁來的女肉票，人家家裏出了錢糧和藥品，想把人贖回去。現在她自己不願回去跟著做漢奸的爹，願意跟你們一起打日本人。這不是好事嗎？為什麼還要殺她？」

一個土匪說道：「她殺了我們兩個兄弟！」

苗君儒笑道：「她一個手無縛雞之力的千金大小姐，別說是殺兩個大男人了，就是讓她殺一隻雞，我看都是很困難的。那你說說，她是怎麼把那兩個人殺掉的？」

那個土匪說道：「今天早上起來的時候，兩個守天窗（黑話：放哨）的兄弟都死了，被刀子抹了脖子，她手上正好拿著帶血的刀子。我們幾個找她理論，可她二話不說拔腿就跑，我們追到這裏才追上。」

苗君儒在凹洞那邊的時候，仔細看過地上，除了醜蛋留下的字跡外，並未發現有血跡。他想了一下，說道：「你們想過沒有，她和那兩個人無冤無仇，為什麼要殺他們？還有，就算她殺了人，也應該趁機逃走，或者把刀子藏起來。她憑什麼把帶血的刀子拿在手裏，等到你們醒過來找她算帳？我從那邊過來的時候，並沒有看到地上的血跡，也沒有看到屍首，你說你們追她，難不成你們算定她跑不遠，把死去的兄弟埋好之後，再來追她？」

老地耗子叫道：「姓苗的，你可別哄我們。是我親手把兩個兄弟的屍首放在火堆旁邊的，還在他們身上蓋上了我的一件衣服。」

苗君儒說道：「如果你相信我，等崔幹事他們來了之後，可以問問他們！如果我有半句假話，你把我也一塊殺了。」

老地耗子說道：「如果人不是她殺的，為什麼她要跑？」

苗君儒說道：「你們的兄弟死了，刀子在她的手上，誰肯聽她解釋呢？在當時的情形下，不要說她這個弱女子，就是我，也可能會跑！」

老地耗子問道：「照你這麼說，人不是她殺的，會是什麼人殺的呢？」

苗君儒一字一句地說道：「那個把屍首弄沒有了的人！」

李大虎禁不住問道：「除了我們和你們之外，還有別人？」

苗君儒十分肯定地點了點頭。

李大虎苦笑道：「苗教授，讓你見笑了。我這幫兄弟，個個都是血性漢子，山野之人不懂道理，我怎麼說都不信。你要是再晚一些來，連我都保不住她們。」

苗君儒似乎想起了什麼，走到齊桂枝的面前，問道：「你們昨天晚上睡覺的時候，有沒有聞到一股香味？」

醜蛋叫道：「是有一股香味，不是很香，我還以為是松香呢！」

李大虎朝老地耗子喝道：「是誰揀的乾柴？」

一個土匪說道：「大當家的，我們幾個都揀了，火是你生的！」

苗君儒說道：「別怪他們，有人事先在乾柴枝上動了手腳，燒火時能發出一種讓人昏睡的香味。」

李大虎驚道：「我也覺得很奇怪，幹我們這一行的，睡覺都很警覺的，連隻耗子走過，我都能聽得到，可從來沒有像昨天晚上睡得那麼死！那你說，誰會那麼做呢？」

苗君儒說道：「我也很想知道！」

崔得金帶著人趕了過來，看到這陣勢，故意問道：「你們這是怎麼了？」

李大虎問道：「你們有沒有見到我那兩個死去的兄弟？」

崔得金說道：「什麼死去的兄弟？」

不用再問，情況已經明白了。是有人趁他們昏睡的時候，偷走了齊桂枝身上的刀子，殺了那兩個放哨的人，又把刀子放到她的手裏。

可是，那個人為什麼要這麼做呢？

崔得金有些恐懼地看著鬼影石，說道：「快走，快走，不要在這裏停留。要是被鬼影石吸進去，連骨頭都不剩一根！」

他的話音剛落，平地捲起一陣怪風，吹得大家的眼睛都睜不開。

雖說太行山上風大，有時能把站在山梁上的人吹下山谷，可在這種避風的地方，不可能吹這麼大的風。

崔得金低著頭，用手遮著眼睛，大聲喊道：「大家的腳千萬別離地！」

他說得太遲了，有幾個遊擊隊員和李大虎手下的兄弟想跑，腳剛一離地，身體就被風吹起，直直向鬼影石飛過去。

一個土匪從李大虎的頭頂飛過時，被他一把抓住腳踝。他只覺得一股很強的力道從這兄弟的腳上傳來，拉扯著他的腳也離開了地面。

齊桂枝和醜蛋大叫著，兩人一左一右地抱住李大虎的大腿，想把他往下拽。可那股力道奇大，不但沒有扯下來，反倒把她們兩個人拉上去了。

幾個人像串葫蘆一樣，在空中連成一串，緩緩朝鬼影石飛過去。

苗君儒聽到醜蛋的叫聲，睜開眼睛看到鬼影石的表面泛起陣陣漣漪，就像被風吹皺的一池死水，又像一個巨人張開的大口。有幾個人的大半個身子已經被吞了進去，只剩下兩隻腳露在外面。

他見醜蛋抱著李大虎的大腿，兩腳已經離地，拚命地蹬著，忙大聲叫道：「快放手，快放手！」

崔得金也喊起來：「放手，不然你們也會被吸進去！」

李大虎聽到叫聲，瞬間清醒過來，急忙放開手。風停了，三個人從空中跌落，滾成一堆。

苗君儒撲到鬼影石前，用手一摸，觸手堅硬如鐵。鬼影石下方的地面上，堆著好幾套衣服鞋帽，還有武器和包裹。

李大虎抓著幾件衣服，對著鬼影石嚎叫道：「兄弟呀！」

崔得金走過來說道：「苗教授，我說得沒錯吧？」

苗君儒用力拍了幾下鬼影石，由衷地說道：「大自然賦予人類的，不僅僅是生存環境，還有許許多多數不清的謎團。以我的學識，只怕難以解開這塊怪石的玄秘。」

崔得金說道：「那是，那是！」

苗君儒的手仍停留在鬼影石上，但他的臉色卻已經變了。他扭過頭去，吃驚地看著自己的手底下。

鬼影石確實光亮如鏡，可是他的手，卻分明摸到一些凹痕。他湊近石面，果然看到一行細小的字：太行山腹地有如此奇石，實則……

字是用硬物刻上去的，只可惜沒有寫完。當他看清那個「山」字時，眼睛頓時瞪大了許多，喃喃說道：「不可能的，他不可能到了這裏！」

崔得金問道：「苗教授，不可能什麼？」

苗君儒說道：「你們過來看，鬼影石上有人刻了字！」

崔得金看清了上面的字，說道：「咦，真的有字，要不仔細看，還真看不到。這上面的字體，不像是古代人寫的！」

苗君儒說道：「我認得這個字，林教授教課時，在黑板上都是這麼寫的！」

崔得金聽得一頭霧水：「你說什麼，怎麼又冒出一個林教授來？」

看來刻字的林淼申想在石頭上留下點痕跡，以便有人去找他，只是時間不允許他那麼做。除了鬼影石外，或許在其他地方還留下了痕跡，只是苗君儒沒有注意到。

他拉住崔得金問道：「你對我說過，一年前有兩撥人馬進入皇帝谷，是不是？」

崔得金驚道：「是呀，怎麼啦？」

苗君儒顧自說道：「林教授一定是跟著其中一隊人馬進了皇帝谷！那些人挾持他的目的，並不是要他解開皇帝谷的真相。」

崔得金問道：「不是要去解開真相，那要他去幹什麼？」

「每一朝皇帝的陵墓，裏面都有機關，他們搞考古工作的，跟我們倒斗的一樣，最會破解機關。」老地耗子站在不遠處說道：「斗裏的有些古董，我們不識貨，可他們識貨。」

崔得金問道：「皇帝陵墓裏的東西肯定都是好貨，還用得著找人去看嗎？要我說，他們把姓林的教授綁了去，一定還有別的用意。」

苗君儒的目光定在鬼影石的那行字上，林教授刻字時，一定有人在一旁監視他，否則他應該會刻下「林淼申被人挾持由此前行」，而不是現在的這句話。八路軍遊擊隊不可能挾持中國人，由此可見，挾持林教授的，很有可能是日本人。

崔得金拍了拍苗君儒的肩膀，說道：「不管林教授被哪撥人馬挾持，只要我們進了谷，說不定能遇上他呢。走吧！得趕早進去。」

老地耗子走到李大虎面前，手裏托著一把刀子，低頭說道：「大當家的，剛才的事是兄弟們多有冒犯，你要想執行山規，就請動手吧！我老地耗子要是皺一皺眉頭，就不是娘養的！」

李大虎長歎一聲，說道：「兄弟，我知道你是條硬漢子。這些年來，你們跟著我也沒過上幾天好日子，是我對不起你們。如果這次有命回去……」

說到後來，他哽咽著說不下去了，鐵骨錚錚的漢子，竟流出幾滴虎淚。

齊桂枝拉住李大虎，說道：「大哥，別說喪氣話。妹子的命是大哥救下來的，我以後都跟著大哥，赴湯蹈火在所不辭！雖說損失了幾個兄弟，可用不了多久，隊伍照樣能拉起來！」

崔得金的眼睛一眨都不眨地望著齊桂枝，眼神有些複雜，嘴角微微一翹，露出一絲冷笑。

虎子說道：「乾……乾脆投……投奔我們八……八路軍算了！」

李大虎說道：「我要是想投靠八路，也等不到今天。」

老地耗子說道：「八路好是好，肯打鬼子和二狗子，可就是紀律太嚴，沒有餉錢也就算了，還不讓喝酒賭博！」

旁邊兩個土匪隨聲附和：「就是，就是！」

虎子說道：「你……你們這……這樣的人想參加八……八路，俺們還……還不……不收呢！」

崔得金說道：「虎子，少說兩句，憋不死你！」

苗君儒走到李大虎身邊，低聲說道：「大當家的，別傷心了，少了幾個兄弟，多了一個女將。只要她跟著你，還怕那個有錢的爹不給你送錢來？有錢就有槍，有槍就有兄弟……」

李大虎抹了一把眼淚，說道：「多謝了！」

老地耗子收起刀，和剩下的兩個土匪一起，跟在李大虎的身後往前面走去。

醜蛋看了看苗君儒，似乎有話要說，卻被齊桂枝扯著走了。

等李大虎他們走了一段路，崔得金來到苗君儒的面前，低聲說道：「苗教授，你還看不出來麼？」

苗君儒望著他們的背影，心情沉重起來，跟著這樣一群各懷居心的人去一處生死未卜的地方，實在並非所願，但為了林教授，就算是龍潭虎穴，他也要去闖一闖！

第六章

皇帝谷口的小廟

虎子叫道：「咦，真……真奇……奇怪了，
尿怎麼變……變紅了呢？」
在眾人注視下，眼見虎子撒在柱子上的尿流到地上後，
居然變得跟血一樣紅，瞬間滲入泥土中。

過了鬼影石，上了一道山梁，就看到了皇帝谷口，谷口的正前方，有一道東西走向的山脈，像一條長蛇般盤臥著，在風水上稱之為案山。谷口寬不過數十米，兩側陡峭的崖壁，就像兩扇半開的大門，山脈蜿蜒向後延綿，始終保持著左高右低的山勢，緊緊依靠著太行山的主山脈。左青龍，右白虎，前朱雀，後玄武，好一個虎踞龍盤的風水寶地。可是，無論怎麼看，都感覺似乎少了點什麼東西。

谷內那霧氣籠罩的地方，就是傳說中的皇帝谷。

皇帝谷本無名，千百年來，附近幾十里地的鄉村都傳說這個谷內葬著一個皇帝，名字就這麼來的。至於谷內葬著哪一朝哪一代的皇帝，誰都說不上來。

在晉東南這片崇山峻嶺當中，如棋盤中的棋子一般散佈著許許多多村落，有利的地形和厚實的群眾基礎，使這塊中原土地成為八路軍的抗日根據地，連後勤和總部都設在這一塊。

八路軍仰仗這塊神奇的土地，和兇悍的日軍苦苦周旋了五年之久。根據地就像一支利劍，插在敵人的心坎上。

為了破壞根據地，日軍想出很多種慘無人道的方法，甚至多次集中優勢兵力掃蕩圍剿，但都未能成功。

根據地成了日軍的眼中釘肉中刺，不拔不快。

在皇帝谷周邊三十里地的距離以內，除了抬棺村外，就再也沒有別的村莊了。

那座小廟就在谷口左側崖壁的下面，就像一個忠實的守門人，頂著千年的風風雨雨佇立在那裏。

崔得金說道：「苗教授，聽說你就是暈倒在那裏，被村民抬回去的！」

苗君儒驀地升起一個疑問，從小廟到抬棺村的距離不算近，正常人走路也要一天的時間。數天前他暈倒在小廟門口時，是守根和另兩個人把他抬回抬棺村的。

山裏人莊稼地都在村子附近，砍柴也就在臨近村子的山坡上，絕對不會去那麼遠的地方。守根到小廟這邊來，究竟是做什麼？

聯想到守根受傷後守春所說的那些話，守根在哪裏招惹了所謂的邪魔，被傷成那樣的呢？傷他的，到底是什麼人？

一行人到了小廟前，老地耗子從包袱內拿出一個羅盤，在廟門口轉來轉去，口中連連說道：「奇怪，奇怪！」

苗君儒走進一瞧，見羅盤內的指標滴溜溜亂轉，根本指不定方位。他笑道：「在這種地方，羅盤還有用麼？」

他轉身走進破廟，見陽光從破漏的屋頂上透下來，幾尊泥塑神像和那塊寫有「**武德昭天**」四個隸體大字的牌匾還在，到處都是蜘蛛網，遍地鳥獸的糞便，主神位的石台上還有幾隻死老鼠，空氣中瀰漫著腐敗的臭氣。

幾根粗大的頂樑柱聳立在那裏，相互之間用木椽連著，有兩根柱子的頂上完全塌了，受風雨侵蝕這麼多年，底座都不見半點腐爛。

苗君儒見識過這種古代建築物的神奇之處，即使屋頂和外牆全部坍塌，只要木椽連接處的榫頭不爛，這幾根柱子永遠不會倒下。

一個土匪走了進來，罵道：「他娘的，廟宇雖破，但這幾根柱子倒也結實，老子找人把它弄回去蓋房子！」

他說著，拔出刀子往柱子上砍了幾下，柱子沒事，刀子倒是卷了刃。當下叫道：「他娘的，這是什麼木頭，怎麼比老子的刀子還硬？」

其他幾個人聽到叫聲，連忙追了進來。

柱子的外面泛著一層油光，通體漆黑，夾雜著一些白色的斑點，就像夜空裏閃爍的星星。苗君儒用手拍了拍柱子，說道：「這是鐵檀樹，不要說你的刀，就是子彈都打不進！」

那個土匪不信，摘下肩膀上的漢陽造，對準柱子開了一槍，槍聲過後，只見柱子上留有一個白點，子彈不知道彈到什麼地方去了？

崔得金問道：「苗教授，你怎麼知道這是鐵檀樹？」

苗君儒說道：「白帝城的白帝廟內也有幾根這樣的柱子，只不過沒有這麼粗！鐵檀樹生長在北方極為寒冷的地方，幾百年的鐵檀樹才如碗口般粗細，已屬難得。像這麼粗的，要長上千年呢！」

老地耗子圍著柱子轉了幾個圈，嘿嘿笑了幾聲，說道：「我聽說鐵檀木不怕風吹雨打，刀砍火燒，千年的鐵檀木已經有了靈氣，要是被邪氣侵蝕，就有了魔性！可惜我們這裏沒有童子，要不然撒泡童子尿試試。」

虎子問道：「童……童子尿有……有……有用嗎？」

老地耗子說道：「當然有用，你要是沒有碰過女人的，朝著柱子來一泡試試！」

「試試就……就試試！反……反正也憋……憋得慌！」虎子把衣服一擼，齊桂枝見狀，臉上一紅，忙轉身走了出去！

虎子也不管別人看不看，褪下褲子掏出男人那玩意兒，對著柱子「嗞嗞」地撒起來。尿液撒到柱子上，發出「嗞嗞」的聲音。

虎子叫道：「咦，真……真奇……奇怪了，尿怎麼變……變紅了呢？」

在眾人的注視下，眼見虎子撒在柱子上的尿流到地上後，居然變得跟血一樣紅，瞬間滲入泥土中。

老地耗子有些興奮地叫起來：「還有誰？還有誰？繼續呀！」

另外幾個游擊隊員見狀，紛紛扯開褲頭，對著其他幾根柱子撒起了尿。說也奇怪，幾股尿液撒到柱子上後，一陣嬰兒的嗚咽不知道從破廟的哪個角落裏傳出。乍一聽到這樣的聲音，幾個人只覺得頭皮發麻，好在是白天，人多壯膽，才不至於嚇得三魂丟掉七魄！

李大虎和崔得金同時拔出槍，警惕地看著周圍。

老地耗子呵呵笑道：「沒事，沒事，繼續撒！繼續撒！」

虎子的一泡尿撒完，又大叫起來：「你們……你們快……快來看……」

苗君儒過去一看，只見柱子上被尿液沖過的地方，竟然像被濃硫酸腐蝕過一般，深深地凹了進去，並且腐蝕還在繼續，一團團像血塊一樣的黏稠物體不斷從柱子上掉落。廟宇開始搖晃起來，碎瓦片從屋頂撲簌簌砸在大家的頭上。

有人叫起來：「不好，要塌！」

老地耗子的腿腳最利索，那人叫起來的時候，他已經跑到外面去了。當其他人都跑出去的時候，有一個遊擊隊員似乎嚇壞了，反而躲在一根柱子下面。苗君儒一個箭步衝上去，抓起那人的衣領，連拖帶拉地扯出廟外。他們剛一出廟，只聽得「轟隆」一聲，從背後衝起一股嗆人的氣浪。回頭看時，整座廟宇都已經坍塌，瀰漫的灰塵中，只剩下一堆廢墟。

一個土匪捶胸道：「老地耗子，你出了什麼鬼注意？看吧，廟都塌了，可惜了那幾根木頭！」

老地耗子摸著那幾根稀疏的老鼠鬚。

齊桂枝說道：「不知道這個廟是給誰立的？」

崔得金說道：「如果葬在山谷裏的是曹操，你說這個廟是給誰立的呢？」

除了那塊沒有落款的牌匾，破廟內就再也找不到任何有文字的東西了。苗君儒在廟裏廟外仔細找了一圈，都沒有看到林教授留下的印記。他好像想起了什麼，問道：「醜蛋呢？」

記得他們聽到叫聲進廟的時候，醜蛋在外面晃悠，可當他們出來，卻沒見到醜蛋的人影。除了醜蛋外，另外三個帶路的村民，也不知道去哪裏了。

齊桂枝說道：「奇怪了，剛才還在這兒呢，一個小女孩子會去哪裏呢？」說完之後，她朝四周喊了幾聲。喊聲在山谷間久久迴盪，卻不見人回應。

虎子說道：「會……不會她……她一個人進……進去了？」

崔得金說道：「別說一個小女孩，就是一個大男人，也不見得有膽量進去！」

齊桂枝說道：「她會去哪裏呢？」

老地耗子半陰半陽地說道：「在這種地方，別說小女孩子，就是幾個大男人都不見了，也沒有什麼好奇怪的！我估計他們一定是回去了！」

苗君儒的目光停留在右側草叢中的一塊碑上，他那天走出破廟，就是暈倒在碑前的。他撥開雜草，來到碑前，見這碑齊腰高，通體銀白色，上面寫著幾個陰刻的小篆：入谷者死。

字體是紅色的，像血一般非常鮮豔，字跡凹陷下去的地方，似乎有液體流出來。他忍不住用手沾了一點，聞到一股很濃的血腥味。

崔得金說道：「一塊石頭裏面，怎麼會有血流出來？上次我見到之後，就覺得很奇怪！」

李大虎問道：「你來過這裏？」

崔得金說道：「遊擊隊長魯大壯帶人進去後一直沒有出來，蕭司令要我派人在谷口守著，可是我們守了半個多月，都沒見人從谷內出來！」

老地耗子睜著一雙死魚眼，問道：「你們住在這裏，就沒發生什麼邪門的事？」

不待崔得金說話，虎子就急著說道：「出……出事了，我……我聽蕭……蕭司令說，這……這邊有一……一個班的戰……戰士，原……原本是要等……等……一個月的，可……可每天不……不見一個，十天不……不到，一……一個班的人沒……沒了，後……後來……」

崔得金的臉色鐵青，叫道：「別後來了，你知道什麼？」

老地耗子的臉色也變了，問道：「一天死一個，是怎麼死的？」

崔得金說道：「我也不知道怎麼回事，反正站崗的人，每天都死一個，一個班的戰士，死得只剩下兩個。蕭司令又調來一個班，不管幾個人站崗，還是一樣每天死一個，後來誰都不願站崗了……」

齊桂枝問道：「死了那麼多人，為什麼你沒事呢？」

崔得金說道：「我沒站崗！」他看著苗君儒面前的碑，繼續說道：「那些天這塊碑天天流血，看得我們的心都寒了，每個人都怕。」

一個土匪笑道：「你們八路不是都不怕死的嗎？」

崔得金說道：「打小鬼子當然不怕死，可這不陰不陽的死，誰不怕呀？我們都覺得這塊碑很邪門，就找來一些木頭燒它，可燒了兩天，一點反應都沒有。」

碑子的四周確實有很多木灰和未燒盡的炭頭。

李大虎說道：「連柱子都成妖精了，這塊碑肯定成精了。你們誰還有尿，過來撒一泡！」

虎子說道：「這……這才剛尿……尿完，哪……哪還……還有呀？」

老地耗子圍著碑轉了幾個圈，用手摸了摸，又從口袋裏拿出一個黑乎乎的東西，在碑上來回劃了幾下。

李大虎叫道：「老地耗子，是不是這塊碑成精了？」

老地耗子一本正經地說道：「成沒成精現在說不準，不過，我就想不明白。你們說這麼一大塊銀子擺在這裏，也不知過了多少年，怎麼就沒人給搬走呢？」

「銀子？」李大虎的眼睛一亮：「你沒看錯？」

老地耗子說道：「錯不了。大當家的，要不你敲下一塊來，找人拿到邯鄲城的金銀店去看看？」

李大虎喜滋滋地走過去摸著碑，說道：「這麼一大塊，能換多少槍支彈藥呀！」

苗君儒微微一笑，當他看清這塊碑的顏色時，還以為是來自西域的銀石，沒想到被老地耗子用試金石試出來是一整塊銀子。考古這麼多年，對文物的鑒定從來沒有出現差錯，想不到面對這塊銀子，居然看走眼了。

一個土匪走上前，摘下槍，用槍托在碑上使勁砸了幾下，銀碑紋絲不動，碑頂上只留下幾個印痕。土匪看了一下印痕，叫道：「這上面有字！」

苗君儒仔細一看，碑面被土匪砸過的地方，果真有幾個如蟲蟻般大小的字，字是有人用刀子在碑面上刻出來的：**此山對峙，陰陽相沖，為萬壑兇險之地。**

「山」字還是那個寫法。由於碑面是白色的，所以很難看清。若不是被土匪砸那幾下，壓根就沒人看得到那幾個字。

此碑高約一米，土下面還不知道有多深。字體的凹槽內不斷流出紅色的液體，沒多一會兒，整個有字的碑面，都被染得通紅，看得人心毛毛的，汗毛一根根都豎起來了。

一個土匪叫道：「大當家的，你說這麼多年來，進去的人沒一個出來的，生不見人死不見屍。要不我們不進去了，把這塊大銀子挖走，夠我們吃喝一輩子的。」

老地耗子罵道：「人家八路都沒說話，我們這些在刀尖上舔血的人，難道還慫了不成？大當家的，你說句話吧！」

李大虎說道：「進去又怎麼啦？老地耗子說得對，我們的這條命，早就別在褲腰帶上了，怕什麼？你們要是沒膽，就轉回去！」

那兩個土匪你看著我，我看著你，登時不吭聲了。

虎子說道：「小……小丫頭是……不是……被……被這碑給……給……」

崔得金說道：「老地耗子，你是這方面的行家，你說，這碑該怎麼辦？」

老地耗子笑道：「我這個幹地趟活的（黑話：盜墓），怎麼成了西遊記裏的孫猴子，盡給你們除妖精了？」

虎子說道：「三……三國裏面的關……關公，還……還過五關斬……斬六將，不……不就是想給自……自己讓……讓條道嗎？要……要是我們過……過去了，這……這傢伙在……在後面冷……冷不防的給……給我們來一下子，誰……誰吃得消呀？我看呀！就……就當是炮……炮樓裏小……小鬼子，我們給除……除乾淨嘍！」

老地耗子搖晃著腦袋，說道：「這世間萬物，只要年代久了，沾上點靈氣，皆可成妖！說起除妖的方法，就當時醫生看病，對什麼樣的妖，用什麼方法收拾。剛才我教你們對付小廟內的那幾根柱子妖，是一個老前輩教給我的。可是這麼一大塊銀子成了妖，連火都燒不滅它，我還真想不出什麼方法！」

虎子罵道：「你……你這話說了，不……不等於白……白說嗎？這……這妖不除，我們……能……能安心進去嗎？」

苗君儒仔細看著字跡內的凹痕，再用手沾了一些「血」，低聲道：「奇怪！」

老地耗子問道：「奇怪什麼？難道這碑子裏流的不是血呀？」

苗君儒說道：「確實不是血，如果是血液，流出來後遇到空氣，會氧化後凝固。你們看，這些液體流出來，一直滲入到泥土裏，沒有半點氧化的現象！」

老地耗了問道：「你說這不是血，那是什麼？」

苗君儒說道：「碑子裏流出的液體裏有含鐵的物質，遇到空氣中的氧原子後，迅速生成氧化鐵濃液，氧化鐵是紅色的，看起來像血一樣。」

虎子說道：「都……都一……一兩千年了，總……總這麼流，怎……怎麼流……流不完了呢？」

苗君儒說道：「問得好，所以我猜這塊碑不是實心的，下面應該還連著什麼……」

李大虎叫道：「來，大家一齊使點勁，把這碑給刨開，看看下面連著什麼玩意。」

老地耗子說道：「大當家的，你看天色不早了，我們得進谷去！既然苗教授說沒有成精，那就暫時讓它立在這，等我們出來後，再刨走也不遲！」

一行人收拾停當，朝谷內走去。苗君儒走在隊伍的最後面，當他經過谷口那兩扇像門板一般的大崖壁時，突然聽到身後傳來一陣孩童般的笑聲，他一轉身，可身後什麼人都沒有。

他聽得出不是醜蛋的聲音，這笑聲裏包含著得意與譏諷，卻又有些許的滄桑與落寞，絕對不是一個天真無邪的孩童所能笑得出的。

頓時，一股寒氣從他的腳後跟竄上了頭頂，額頭也接著冒出幾滴冷汗。他無法預料，進入山谷之後，將會發生什麼恐怖的事情。

沒到收魂亭之前，崔得金告訴苗君儒，他奉命在抬棺村待了一年多，就是想瞭解村子和皇帝谷的情況，雖然關於皇帝谷的傳說有很多，可沒有那個傳說能夠說得清谷內的地形情況。

苗君儒問過崔得金幾次，待在抬棺村的最終目的是什麼，可他只是笑了笑，並未回答，反而將話題岔開，談起明清兩朝帝王的風水陵墓來。不虧是風水世家出身的人，有著非比常人的功底。從觀龍、尋脈、堪輿、定穴，到落葬時的陰陽和時辰對沖，說得頭頭是道。

但一過了收魂亭，崔得金似乎有什麼顧忌，不再與苗君儒說話。

從收魂亭到皇帝谷口的這段路上，苗君儒見崔得金多次在石壁上劃痕，想必是給後面的人留下記號，出於某些方面的考慮，他並沒有點破，只裝作不知道。對於昨晚發生在收魂亭的事，虎子和崔德金隻字不提，他便沒有與任何人談起。偶爾摸到口袋裏的那件東西，想起亭子邊上的那座孤墳，尋思著等時機成熟，替屈死的通訊員討一個公道。

進入皇帝谷，一級級的條石台階往下延伸，深不見底。條石長約二米，高約二十釐米，可容兩三個人並排走。但是坡度很陡，加上台階上有青苔，落腳濕滑。沒有人願意和別人並肩，自動一個跟著一個，每走一步都很小心。

兩邊叢林密佈，枝葉茂盛，有幾棵樹上還長著不知名的野果子。霧氣很大，連吸進肺裏的空氣都很潮濕。走不了幾步，頭髮就往下滴水，連衣服都濕透了。

四周聽不到鳥叫和蟲鳴，更別說是野獸的吼叫了。除了大夥沉重的喘息聲外，偶爾能聽到周圍樹林內零零落落的滴水聲。一種很奇怪的安靜，緊緊地拽著眾人的心。

一個土匪低聲罵道：「這是什麼鬼地方？連隻鳥都沒有！」

在中原大地上，一到秋天，漫山的樹木就開始落葉，下雪之前，就只剩下光禿禿的樹幹，山上看不到一片綠葉。空氣也變得乾燥，北風夾雜著塵土打在人的臉上，能刮去一層皮。

越往下走，光線越暗，能見度越低。但是走完七八十級台階後，光線逐漸明亮起來，霧氣也沒有那麼濃了。

和外面不同的是，山谷內的溫度比較高，不像外面那麼寒冷，走了一陣，幾個人的身上已經見汗，那兩個土匪都把穿在外面的棉襖給脫了，搭在肩膀上。

儘管看不清周圍的山貌，但苗君儒能斷定身處的山谷是什麼地形。四面懸崖峭壁，中間一個大凹洞，俗稱天坑，學名叫喀斯特漏斗或岩溶漏斗。其形成原因是在可溶性岩石大片分佈且降雨比較豐富的地區，地表水沿著可溶性岩石表面的垂直裂隙向下滲漏，裂隙不斷被溶蝕擴大，從而在距地面較淺的地方開始形成隱藏的孔洞。隨著孔洞的擴大，地表的土體逐步崩落，最後便形成大漏斗。只是令他想不明白的是，以太行山脈的地質和中原地區的氣候，是不可能形成這種喀斯特地貌中的天坑的。

當年他在雲貴地區考古的時候，到過一個天坑。那個天坑沒有這麼大，也沒有這麼神秘。

走了兩百多級台階，隊伍停下來，最前面的老地耗子傳過話來，叫苗教授過去。

苗君儒走到最前面，見腳下的路分成了兩條，一條往左，一條往右，正中間有一塊灰色的石碑，碑面上刻了一幅陰陽八卦的圖案，並未有任何文字。

兩側上方的懸崖峭壁十分陡直，好像斧砍刀削一般，連猴子都下不來。絕壁上的岩紋顏色奇特，紅、黃、黑相間，猶如一幅超巨大的國畫。樹叢間野花爛漫，一陣陣香氣撲鼻而來，看得人心醉。好一處世外桃源！

可惜他們不是來觀賞風景的。

老地耗子問道：「往哪邊走？」

苗君儒朝左右看了看，見兩邊都是青石板鋪成的路，比台階要略微寬一些。石板上同樣長滿了青苔，看不出有人走過的痕跡。

從上面下來的，他們不是第一撥，也不是最後一撥。他的眼睛定在碑面的陰陽圖案上，在中國傳統的術數中，陰陽就代表生死，陰為死，陽為生。陰陽循環，生生死死永不停息。

眼前的這兩條路，一條為生，一條為死，選擇錯了，就將墜入萬劫不復之地。

老地耗子說道：「我怎麼覺得八卦中間那兩條陰陽魚在游動？」

老地耗子說得不錯，八卦圖案中間的那兩條陰陽魚，果真在緩慢的游動。苗君儒看了一會兒，抬腳往左邊走去。

崔得金叫道：「苗教授，你肯定沒有走錯？」

苗君儒頭也不回地說道：「石碑上的八卦圖已經告訴我答案了，生為死死為生，既然已經下來了，還考慮那麼多幹嘛？你們要是害怕，就從右邊走！」

沒人朝右邊走，一個個都跟在苗君儒的身後，每一步都走得異常小心，生怕稍有疏忽觸發機關，把小命丟在這裏。

齊桂枝似乎也有些害怕，走在李大虎的身後，用手抓著他的衣角。李大虎安慰道：「妹子，別怕，大哥保護你！」

話是這麼說，可在這種地方，一旦有事，別說保護別人，連他自己的命都保不住。

苗君儒非常留意面前的青石板，這些青石板每一塊都一樣大小，經過細緻的打磨，板面光滑，石板與石板之間的縫隙很窄，連一把匕首都插不進去。

他走得很小心，一旦覺得腳下的石板有異常，便以最快的速度閃開。

進谷的時候，他就已經想過。如果谷內葬著的人真是曹操，那可真要提起十二分精神，加倍小心了。以曹操的性格，死後絕對不想被人盜墓的。

機關是防止陵墓被盜的最佳手段，古代的帝王為了防止陵墓被盜，想出了各種各樣的防盜機關，可道高一尺魔高一丈，盜墓賊們總能準確地找到陵墓的軟肋，成功破解機關。

古今多少帝王陵墓，沒有被盜墓賊光顧的，還剩下幾座呢？

他們從谷口走下來，並沒有碰到一個機關。

莫非機關被以前的人破解了？

答案是否定的。

他以前進入過不少被盜過的帝王陵墓，見過許多中了機關的盜墓者乾屍和骸骨。無論什麼樣的機關被觸發後，都會留下被觸發後的痕跡。可是從上面走下來，無論是腳下的石板，還是旁邊的樹叢，都未有半點被破壞的痕跡，草叢中不要說人體的骸骨，連鳥屎都不見一滴。

老地耗子吩咐後面的人，相互之間隔開一塊青石板的距離，這麼一來，即使前面的人觸發了機關，後面的人也有閃躲的餘地和機會。

往前走了一段路，兩邊樹木越發濃密，只留下頭頂的一線光明，兩邊的懸崖峭壁也看不到。空氣有些沉悶，苗君儒抹了一把臉上的汗水，走這一點路，他身上已經大汗淋漓，一生經歷過無數兇險，卻從來沒有像現在這麼緊張過。

身後傳來「咦？」的叫聲，苗君儒回頭一看，見齊桂枝站在那裏，臉上盡是驚恐之色。他很快看出了問題，進谷時總共十個人，現在只剩下八個人了，走在最後的那兩個人，居然無聲無息地不見了。

剛才他走在最後面的時候，並沒有出現異常，為什麼走到這裏，會出現這種情況呢？

崔得金和其他人一樣，嚇得臉色都變了，緊張地拔出了腰間的手槍左顧右看，失蹤的那兩個遊擊隊員是他的手下，如此一來，身邊只有虎子一個人了。往後與李大虎要是有衝突，這夥土匪輕而易舉地就能吃掉他們，為今之計，只有把希望寄託在苗君儒的身上。他說道：「苗教授，走，我和你到後面去！我就不信還會那麼邪門！」

老地耗子和李大虎都不同意苗君儒到後面去，他們需要一個探路的。還是齊桂枝出了一個注意，讓兩個土匪並排走在最後，每人手裏捏著一根帶子，由前面的人扯著。

這個辦法不錯。齊桂枝剛說完，兩個土匪就解下了腰帶，兩根腰帶繫在一起，讓前面的虎子拿著。他們一手捏著腰帶，一手提著褲頭，樣子有些滑稽。

為了保命，就是要他們脫褲子，他們也肯幹。

虎子笑道：「看……看你們那……那熊樣，嚇……嚇得都快……快要尿褲子了，還……還是我走……走在最後，我身……身上有保……保命符，不……不怕……」

虎子這麼自告奮勇，那兩個土匪如獲大赦，三兩步竄到前面去了。

虎子罵道：「小……小兔崽子，光……光想著逃命，把老……老子撂……撂下了？」

兩個土匪嘿嘿地笑著，把腰帶扔給他。

虎子抓著腰帶，說道：「沒……沒事了，走……走吧！」

苗君儒走了幾步，回頭看虎子，只見虎子閉著眼睛，一副睡著的樣子，被前面的人拉著走，更恐怖的是，虎子的下半身不見了，只有一個上半身懸浮在空中。

「虎——子——呀！」崔得金的聲音變了調，已經失去了兩個遊擊隊員，要是虎子再失蹤，他就成了孤家寡人。

虎子瞬間清醒過來，苗君儒似乎看到有一團薄霧迅速從虎子的下半身移開，飄到草叢中去了。與此同時，虎子的下半身也奇蹟般的露了出來。

是那團薄霧作祟！

虎子揉了揉眼睛，打了一個哈欠，說道：「奇怪，我怎……怎麼就睡……睡著了呢？」

只有在極度睏倦的時候，才會邊走路邊睡覺，虎子能吃能睡，一路上精神抖擻，怎麼就睡著了呢？

問題就出在那團薄霧上！

李大虎對兩個土匪說道：「你們兩個倒著走，看著他一點。萬一他睡覺，就叫醒他！」

那兩個土匪一手拉著繩子，一手扯著褲子，倒著一步步走，樣子非常滑稽。

走過一段樹蔭籠罩的平坦石板路，眼前頓時一亮，在他們面前的是一塊半圓形的沙地。沙地上光禿禿的，寸草不生，沙地中間，有一塊黑乎乎的大磐石。站在沙地上，可以看到正前方那堵高約十幾丈的崖壁，崖壁的上半部隱入雲層中，還不知道有多高。

前面好像沒路了！

大家陸續走攏來，這一次有人看著，虎子並沒有失蹤。他摸著腦袋說道：「奇怪，就……就是覺……覺得很睏！」

老地耗子說道：「睏什麼睏？能活著就不錯了！」

虎子一副剛睡醒的樣子，懵懵懂懂地朝大磐石走過去。

崔得金叫道：「小心！」

虎子扭頭問道：「小……小心什麼？」

崔得金叫道：「機關呀！」

一聽有機關，虎子登時不敢再往前走了，說道：「機……機關……哪……哪裏呀！」

李大虎說道：「可能就在你的腳下！兄弟，別再往前走了！」

虎子摸著頭，朝周圍看了看，顧自說道：「這……這地方怎麼……這……這麼熟呢？」

老地耗子驚道：「你說什麼？你對這裏很熟？」

虎子說道：「是呀，在……在夢裏經……經常夢到呢！跟這……這裏一……一模一樣。」他指著前面的大磐石，繼續說道：「那不……不是石頭，是隻大……大烏龜，還……還會噴……噴火呢！」

苗君儒微笑著問道：「那你還夢到了什麼？」

虎子說道：「夢……夢到一……一群人和……和那……那隻大……大烏龜鬥，死了不……不少人！」

苗君儒問道：「都是些什麼人？」

虎子摸了摸頭，嘿嘿地笑了幾聲：「記得不……不太清！不……不過我記……記得大……大烏龜的後……後面有一……一條小路，走那……那條路可……可要小……小心了……都……都是……」

他的話還沒有說完，就聽到一個土匪叫道：「石頭，哦不，大烏龜動了！」

果然，一個碩大烏黑的圓形「東西」，從「石頭」下面伸了出來。就在這一刻，苗君儒覺得腳下有些異樣，心道：糟糕！

第七章

萬年大鼉龍

大鼉龍的巨口一張，
一團夾雜著令人噁心的腥臭味的烈焰，
從他們的頭頂飛了過去。
苗君儒和虎子滾躺在沙地上，堪堪躲過烈焰的襲擊，
儘管如此，他們還是感受到了那團烈焰的炙熱。

苗君儒下意識地抬腳，剛要閃身躲避，卻見沙土鬆動，從裏面鑽出一隻小鱷魚來。小鱷魚似乎不懼生人，趴在沙地上，好奇地望著大家。

他認出這是生活於江浙一帶的揚子鱷，在古代，術士們都稱呼揚子鱷為鼉龍，雖不入龍生九子之列，但也屬於神物。早在殷商時代的甲古文裏就出現了鼉字。鼉是一個非常生動的象形文字：有頭有尾、有鱗有甲、似乎還有兩隻眼睛突出在上面。

又有幾隻小揚子鱷鑽了出來，在沙土上爬行嬉戲。

山谷內傳來一聲沉重的歎息，那塊大磐石漸漸變了形狀，緩緩伸出幾支粗大的黑爪，尾部也舒展開來，大圓頭有些懶散地晃動了幾下，像一個午睡過後醒轉的老人，伸展著疲憊的筋骨。

幾隻小揚子鱷聽到那聲音，立即停止了嬉戲，不約而同地朝前面行去，來到大圓頭的下面，如孩童般發出「嚶嚶」的叫聲，像是孩子呼喚著母親。大圓頭上兩個銅鈴般大小的眼珠露出慈祥之色，大圓頭垂了下來，輕輕碰了每隻小揚子鱷一下。揚子鱷歡快地叫了幾聲，鑽入大圓頭下面的沙土中。

只有一隻小揚子鱷例外，牠圍著虎子轉了幾個圈，久久不願離去。

苗君儒意識到危險，忙叫道：「虎子，回來！」

虎子也想退回來，可惜不容他抬腳，那隻大鼉龍已目露凶光，邁動四隻巨足，朝虎子撲了過來。崔得金拔出手槍，朝大鼉龍開了幾槍，子彈打在大鼉龍的身上，如打在鋼板上一般，一點反應都沒有。

大鼉龍碑激怒了，加快了前進的步伐，離虎子還不到十米遠。苗君儒看到牠的嘴巴張開之時，不顧一切地撲上前，從後面抱住虎子，往地上一滾。

大鼉龍的巨口一張，一團夾雜著令人噁心的腥臭味的烈焰，從他們的頭頂飛了過去。苗君儒和虎子滾躺在沙地上，堪堪躲過烈焰的襲擊，儘管如此，他們還是感受到了那團烈焰的炙熱。

一個土匪來不及閃避，被烈焰擊中，瞬間就成了一個火人。那個土匪連慘叫聲都沒發出，就在眾人的注視下，變成一掬灰燼飄落在沙土中，再也尋不見了。

不待大鼉龍再噴火，老地耗子已經率先邁動雙腿，他跑得比任何人都快。

苗君儒和虎子仍躺在沙地上，情形萬分緊急。那隻大鼉龍的前足離他們不到兩米，他一抬頭，看到大鼉龍又張開巨口。

如果這個時候他和虎子都跑出去，即便兩人的身法再快，也快不過那團飛速而至的烈焰。擺在他們面前的，只有一條活路。

最危險的地方，往往是最安全的。

苗君儒扯著虎子朝前面滾去，一團烈焰擦過他的衣服，噴到他們剛才躺過的地方。

他們兩人站在大鼉龍的頷下，虎子臉色鐵青，顯是嚇得不輕。苗君儒拍了拍他的肩膀，投過去一個安慰的微笑，低聲說道：「有我在，別怕。」

站在他們現在的位置，可以清楚地看到大鼉龍的甲殼和巨足。那甲殼黑乎乎的，足有五寸厚，而巨足上的鱗片，閃著黃黑色的光澤，每一片都很厚實。鋼鉤一樣的爪子，輕輕一下就能把人體抓個稀爛。

越是在緊急的情況下，越要保持清醒的頭腦。虎子點了點頭，感激地望著苗君儒，剛才若不是苗君儒出手相救，他已經是一掬骨灰了。

大鼉龍不給他們說話的機會，龐大的身體朝後面退去，一張巨口從天而降，似乎想將他們一口吞掉。

當他們閃身時，一隻巨足挾著一陣腥風橫空掃到。

「跳上去！」苗君儒大喝一聲，一手扯著虎子，一手抓住大鼉龍的邊緣甲殼，右腳在淩空而至的巨足上一點，借力翻了上去，站到大鼉龍的背脊上。

大鼉龍的背脊並不平，上面有一個個不規則的圓形凸起，有的還生有倒刺，稍不留心就把腳給勾到。

大鼉龍發出幾聲怒吼，身體劇烈地擺動起來。苗君儒和虎子相互攙扶著，努力使身體保持平衡，不至於被甩下去。

背脊也不是安全之地，沒容他們喘口氣，一條巨大的黑影從大鼉龍的尾部翻起，捲著沙土朝他們劈頭抽到。

那是大鼉龍的尾巴，若是被尾巴碰上，不死也要丟半條命。

如果是苗君儒單獨與大鼉龍鬥，憑他的身手，就算鬥不過大鼉龍，也不會有生命危險。可是他身邊多了虎子，情況就不同了。無論跳躍還是閃避，都大大打了折扣。大鼉龍周圍二十米的距離內，都是牠的攻擊範圍，只有出了這個距離，虎子才有逃生的機會。

他早就想利用虎子手裏拿著的那根帶子，只是一時找不著機會。跳到大鼉龍的脊背上後，他就要虎子抓緊帶子。

大鼉龍的尾巴已經挾著風勢淩空而至，苗君儒推了虎子一把，避開大鼉龍的尾巴。

大鼉龍的尾巴來勢兇猛，「砰」的一聲打在背脊上，激起一些塵土。說時遲那時快，苗君儒已經牢牢抓住大鼉龍的尾巴，順勢蕩了起來，凌空以力借力，將虎子拋了出去。

這一蕩一拋，力道拿捏得正好。虎子的身形在半空中劃過，落入老地耗子面前的草叢中。

虎子安全了，可苗君儒卻將自己陷入了絕境。大鼉龍扭起脖子，怒吼著朝他噴出一團烈焰。烈焰由下自上，身在空中的他前後不著力，似乎毫無迴旋的餘地，也無從閃避。

遠處的李大虎他們禁不住大聲喊叫起來。

如果換做別人，肯定會被那團烈焰包個正著，但他是苗君儒，只見他的身體以一種不可思議的方式扭了一個圈，並向下墜去。速度之快令人咂舌！那團烈焰從他的頭頂擦過，燒焦了幾縷頭髮。

老地耗子跺腳道：「我知道，那是千斤墜，是上乘的武功！」

李大虎由衷道：「想不到他一個考古學家，居然會這樣的武功，不當土匪真是太可惜了。只要他願意入夥，我拜他做大哥！」

苗君儒重新站在大鼉龍的脊背上，他聞到了自己頭頂的焦糊味。

無論外表多麼強大的動物，都有最脆弱的致命之處，只要找到那處地方，輕而易舉就能將其制服。這是他一個研究古生物的同僚告訴他的。

從外形上看，這隻大鼉龍根本不像鱷魚，而與烏龜極為相似。無論鱷魚還是烏龜，最薄弱的地方應該就在腹部，可是，用什麼辦法才能讓這個大傢伙翻過身來呢？

他不是大羅神仙，撫掌之間就能移山填海，他只是一個普通人，更不可能像小揚子鱷那樣鑽進沙土中，游到大鼉龍的肚皮底下去。

李大虎梗起脖子叫道：「苗教授，惹不起躲得起！大不了我們不進去了！」

想不出什麼好的方法來對付這隻大鼉龍，苗君儒也想躲，可是眼下這情形，該躲到哪裏去？

他那受傷的手臂由於剛才幾次勉強用力，傷口已經迸裂，根本無法再用力。如果想要擺脫困境，只能單靠左手。

「呼」的一聲，大尾巴再次掃來。他閃過之後，左手抓住尾巴，右腳在背脊上一跺，騰起一丈多高，左腳在大尾巴上一點，借勢彈了出去。

在眾人的驚呼聲中，他平穩地落到虎子面前的草叢內。大鼉龍怒吼了一聲，連連噴出幾團烈焰，但烈焰距離他數米遠的地方，自然消失不見了。

相隔四五十米遠，大鼉龍心有餘而力不足，空有嘶吼的份。

腳一落地，他感覺踩到了什麼東西，低頭一看，卻是一副古代武將的頭盔。頭盔內還有一顆骷髏頭，一條蜈蚣從骷髏頭的右眼眶中爬出，迅速爬進左眼眶中去了。

他撥開雜草，看清了頭盔下面的那副盔甲，以及盔甲中骸骨。在骸骨的右側，五根已經沒有皮肉的手指，還緊緊抓著那把長劍。

崔得金叫道：「苗教授，你在看什麼呢？」

苗君儒俯身抓起那把長劍，只見劍身青光凜凜，如一泓深不見底的潭水般，蕩漾著神秘的色彩，雙刃上不見任何缺口；日月形劍顎的護手銅片，依然閃耀著光澤，未見半點銅綠。握手處金絲纏繞，興許是被用過的緣故，有些地方被磨平了。他平端此劍，見吞口處有兩個小篆，為「**青釭**」二字，當下一驚。

《三國演義》中說曹操有寶劍二口：一名「倚天」，一名「青釭」；倚天劍自佩之，青釭劍令夏侯恩佩之。後於長阪坡被趙雲奪走。

趙雲是三國時期常山真定（今河北正定南）人，字子龍。初從公孫瓚，後歸劉備。曹操取荊州，劉備敗於當陽長阪，他力戰救護甘夫人和備子劉禪。劉備得益州，任為翊軍將軍，從攻漢中。建興六年（西元二二八年），從諸葛亮攻關中，分兵拒曹真主力，以眾寡不敵，退回漢中。次年卒。葬於四川大邑。

苗君儒有一次經過大邑，還去拜謁過趙雲墓。墓塚在大邑縣城東一公里銀屏山下。塚大如小丘，依山而建，氣勢雄偉，四周有石砌女牆，古柏森森。墓前有清幽雅靜的木結構四合院建築，正中豎有高二點五米、寬一米的墓碑，上刻「漢順平侯趙雲墓」七篆體大字，兩側刻有填金對聯「赤膽永佑江原父老，忠魂猶壯蜀國山河。」匾文「永烈千秋」。

苗君儒有一次經過大邑，還去拜謁過趙雲墓。

趙雲槍挑夏侯恩，奪走青釭劍，只在《三國演義》中出現，史書上並未有半點記載，因而不足為信。

當年董卓謀逆時，內穿甲冑，外披朝服，劍不離身，不僅如此，身邊還跟著一大群武士。為的就是預防別人行刺。而素有「漢賊」之稱的曹操，肯定也會學董卓那樣，防止別人對其不利。曹操深諳兵法，用人與防人之心與眾不同，他不會讓身邊的人覺得他過於戒備別人，顯示內心的恐懼。所以，預防別人行刺的最佳手段，就是佩戴一把上等兵器。

可在史料中，未有曹操佩帶什麼寶劍的記載，史學家們也沒有對這種事情進行過研究。但依常理推斷，曹操所佩之劍，定然不是凡物。

這身披甲冑，手提青釭劍，躺在草叢中的武將，會是誰呢？

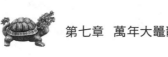

見苗君儒撿到寶劍，大鼉龍的火焰噴不到這裏，其他人忙聚攏來。老地耗子從草叢內拾起那頂頭盔，說道：「這個傢伙在這裏躺了至少一千七百多年！」

崔得金問道：「你怎麼知道他在這裏躺了一千七百多年？」

老地耗子笑道：「你別忘了我老地耗子是幹哪一行的，掏出來的東西，能看個八九不離十。每個朝代的武將盔甲都不一樣，你看這只頭盔上的花紋和外形，是漢代末期的，這官還不小呢。要不，你問問苗教授？」

在這些人裏面，沒有人比苗君儒更具權威。他笑了笑，表示同意老地耗子的觀點。

虎子想要去撿甲冑，手剛一碰到，甲冑便如腐敗的棉絮一般，碰一處落一處，怎麼都提不起來，甲胄上的牛皮片刻便成了一堆粉末，只有兩個青鋼的虎頭護肩和一根玉帶滾落在粉末中。

在漢末，只有校尉以上的武將，才有資格穿戴這種虎頭甲胄和配繫玉腰帶。

校尉始置於秦朝，為中級軍官。西漢時期，漢武帝為了加強對長安城的防護而置中壘、屯騎、步兵、越騎、長水、胡騎、射聲、虎賁八校尉。八校尉之秩皆為比二千石，屬官有丞及司馬。

武帝時從中尉下分出而升為校尉，掌北軍壘門內外；屯騎校尉掌騎士；步兵校尉專掌位於長安西南郊上林苑的苑門屯兵；長水校尉掌長安西北郊的宣曲胡騎；胡騎校尉掌池陽胡騎，不常置。射聲校尉掌射聲士；虎賁校尉掌輕車。八校尉統領的軍隊是從地方或少數民族中選募來的常備兵。八校皆屬精勁之旅，而胡騎、越騎尤為重要。西漢時統領者多為皇帝的親信。

東漢時將中壘校尉省去，又將胡騎併入長水，虎賁並入射聲，只剩下五校尉。常見的「五營」、「五校」，即指五校尉所屬的軍隊。兩漢時的諸校尉都以戍衛京師為主要職責，東漢時五校尉多由宗室擔任，兼任宿衛宮廷的任務。到漢末靈帝曾經特設西園八校尉，掌管京師附近的兵權。但此時隨著軍權分散各地諸侯並起，校尉的名號開始多見，如驍騎校尉（曹操）、折衝校尉（袁術、孫策、夏侯惇）、鷹揚校尉（曹洪）等，而地位則居於越來越多的各中郎將之下。漢朝時校尉的地位雖次於將軍，但校尉手下一定有自己統領的部隊，屬於掌管軍隊的實權派，而將軍卻不一定有自己的軍隊。

虎子從粉末中撿起一個印璽，叫道：「苗……苗教授，你看看這……這是什麼？」

這是一個玉質的印璽，高約六釐米，玉質淡白如蠟而不鮮，光澤不足而溫潤有餘，為古代的崑崙玉。上層是一隻鏤空的老虎，雕刻手法簡單而古樸，底座印面左右約為二釐米的長方形，陰刻著八個篆體小字：大魏右將軍夏侯印。

曹操死後，曹丕逼漢獻帝退位，篡奪漢室政權，建朝曹魏，也稱大魏。在大魏朝前後四十幾年的時光裏，縱觀夏侯家族，受曹家恩寵大多封侯加官，而官封右將軍的，就只有一人，那就是夏侯淵的次子夏侯霸。夏侯霸自幼弓馬熟嫻，被司馬懿推薦成為其部將，多次參加對蜀戰爭。受曹爽之恩，官至右將軍。後來司馬懿政變，曹爽被殺，夏侯玄被調離，夏侯霸看出司馬懿的野心，遂起兵造反，卻被郭淮擊敗，不得已降蜀。隨姜維北伐，多有功勞，官至車騎將軍，約在二五九年病逝於蜀漢。但民間也有西元二六二年在洮陽之戰裏中埋伏被射死，以及被姜維猜忌而暗中殺死一說。

不管夏侯霸是病死還是中埋伏而死，他的私人印璽，怎麼會出現在這裏？若這具骸骨就是夏侯霸，他來這裏做什麼呢？為什麼會死在這裏呢？

老地耗子看清苗君儒手中的劍，驚道：「青釭劍不是被趙雲從夏侯恩的手裏搶去了嗎？怎麼會在這裏？」

崔得金說道：「你說的那是三國演義，要不是親眼見到，我還不相信世間真的有這把劍呢！」

齊桂枝這一路上都很少說話，進谷後，更是沒有說一句話。苗君儒望著她，低聲問道：「你有什麼看法？」

齊桂枝說道：「我只不過是一個讀過幾年書的女人，能有什麼看法，我聽大哥的！」

李大虎嘿嘿地笑了幾聲，也不說話。

草叢中陸續發現幾具骸骨，從保留完好的衣著外形看，都是校尉一級的武將。只不過那些盔甲一經碰撞之後，隨即化為齏粉，只有幾把沒了劍柄的生銹長劍，被人撿起後，立刻斷為兩截，無聲地落入草叢中。

老地耗子問道：「苗教授，他們都是一些什麼人？」

苗君儒說道：「你剛才不是說過嗎？都是大官！」

老地耗子拍了一下腦袋，說道：「難道他們都是摸金校尉？」

苗君儒說道：「他們至少是校尉一級的武官，至於是不是你所說的摸金校尉，就不肯定了。」

老地耗子說道：「這麼多大官，怎麼會同時死在這裏？」

苗君儒也想知道答案。曹操之時，摸金校尉乃從正規的軍事編制。曹操之後，盜墓者皆各自為政，同行之間並無師徒之分，凡以摸金之法盜墓，均為摸金校尉，摸金校尉逐漸成為盜墓界的名詞，與軍事分離開來。歷朝歷代的摸金校尉，多以個人行動為主，不可能集中行動。再說，國內幾支摸金校尉後裔的家族，都把曹操當成祖師爺一樣的供著，曹操已經成為他們心目中的神，他們的祖先根本不可能去盜曹操的陵墓。

他的手一揮，劍光閃過老地耗子手裏的頭盔，頭盔立刻被削成兩半，毫不拖泥帶水。

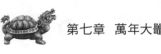

真是把寶劍！

難怪《三國演義》中，趙雲拿著這把寶劍在曹操的陣營中橫衝直撞，連劈曹操的數十員大將。

他看著手裏的青釭劍和印璽，說道：「這把劍的主人是誰，我無法確定，但是這個印璽，卻是屬於夏侯淵的次子夏侯霸的。」

老地耗子說道：「夏侯霸？就是書上說他投靠了蜀國，最後被箭射死的？」

苗君儒說道：「他投靠了蜀國是真，至於他是怎麼死的，則有好幾種說法！」他繼續說道：「這印璽是夏侯霸在魏國做右將軍的時候用的，若他投靠蜀國後，還隨身帶著這個印璽，即便他是蜀國的皇親國戚（作者注：其妹嫁給張飛為妻，外甥女嫁給劉禪貴為皇后），也難免被懷疑是奸細。他是個識時務的人，不可能這麼笨！」

李大虎問道：「苗教授，你的意思是這個人不是夏侯霸？可是他怎麼有別人的印璽，還有這麼好的寶劍呢？」

苗君儒說道：「也許我們往裏面走，就能找到答案！」

虎子說道：「有那……那個大……大怪物在，怎麼過……過去呀？剛……剛才差……差點沒……沒有……」

老地耗了不耐煩地說道：「你說話那麼吃力，我看還是別說了。這邊過不去，我們可以走另外一條路。」

李大虎也說道：「聽說八路和小鬼子都進來了，到現在連屍首都不見一具，他們可能從另一條路過去了。」

見大家都同意走另一條路，苗君儒也只好跟著大家走。回到那座八卦石碑前，驚奇地發現，石碑上的八卦圖案居然不見了。怪事，明明是陰刻在石碑上的，怎麼會不見了呢？

苗君儒站在石碑前，見石碑的正面光滑如鏡，連一點人為雕刻的痕跡都沒有，他繞到背面，見背面也是空空如也。

這就是一塊類似武則天陵墓面前的無字碑，只不過碑頂沒有任何紋飾而已。

進谷後，他非常留意兩邊的樹叢和腳下石板，想找到林教授留下的記號，可進來了這麼遠的距離，一個記號都沒發現。

「走吧！」老地耗子催促道，他已率先往那條路去了。這一次，他卻不擔心路上有機關。

崔得金經過苗君儒身邊，低聲說道：「要防著他們一點！」

在這種地方，大家都是一條繩子上的螞蚱，誰都蹦不了，有必要防著別人麼？苗君儒看著崔得金的背影，思索著這句話裏的另外一層意思。

誰都沒有想到，這條路雖沒有機關，但卻是一條死路。

前行不到兩百米，遇到一條深不見底的溝壑，下面黑咕隆咚的，不知道有多深。而對面也沒路，是一堵堅不可摧的岩壁，岩壁上下如刀砍斧劈一般，除了幾株小草外，沒有任何可攀之處。

老地耗子站在溝邊朝下面看了看，說道：「難道是從這裏下去的？」

進谷之前，大家就做了一番準備，該帶的東西都帶了，可一路上走來遺失了不少，不說別的，但就那捆繩索，原來是一個土匪背著的，可那土匪連人帶槍帶繩索，被大鼉龍噴出的烈焰燒沒了。

沒有繩索，怎麼下去？既然無法下去，那就只有回頭！

「你說，你還夢到什麼了？」老地耗子不時扯住虎子問這問那的，問到後來，虎子火了：「你……你不是叫……叫我不……不要說話的嗎？我……我就不……不告訴你！」

老地耗子落不著好，低聲罵了幾句，走到一邊去了。但他在經過崔得金身邊時，似乎有意無意地輕輕碰了一下。

雖然只是不經意的一碰，但苗君儒卻看清老地耗子從崔得金手裏拿走了一樣東西。

一個是盜墓人出身的土匪，一個是八路軍的幹事，他們兩人會有什麼勾結呢？從抬棺村到這裏，一天多的時間中，他們有的是機會避開大家聯繫，為什麼偏要在這節骨眼上接觸呢？

或許在這之前，崔得金沒有想過要把那東西給老地耗子，是眼下的突發情況，使得他那麼做的。

現在他們只是走了一條無法繼續走下去的路而已，並沒有出現異常情況。

李大虎走過來道：「苗教授，憑你的身手，用這把寶劍一定能殺得了那隻大烏龜！要不，我再給你兩顆手榴彈？」

連子彈都打不進的地方，手榴彈不一定管用，或許手中這把削鐵如泥的寶劍，能派上用場。如果站在大鼉龍的脊背上，用寶劍刺下去，結果會怎麼樣？

他們又回到了原來的地方，在經過那塊石碑時，苗君儒特地看了幾眼，仍是和先前一樣，沒有陰陽八卦和任何刻痕。

大鼉龍看到他們，似乎仇人相見分外眼紅，不斷怒吼著，一次又一次地噴出火焰。

老地耗子說道：「苗教授，你注意到沒有？這隻大烏龜好像被什麼東西鎖住了！」

苗君儒也看出來了，大鼉龍每次往前走兩三步，就會退回去，如果牠真的往前追，在烈焰下，這幾個人能活著逃走的，剩不了兩個。

他們第一次走到這裏時，並沒有驚動大鼉龍，所以他和虎子才能夠在機緣巧合之下，與大鼉龍來一次近距離的接觸。可是現在的情況不同了，他們只要試探性的走近沙土地，大鼉龍就會發出一聲怒吼，隨即噴出一大團火焰，阻止他們近前。

他已經觀察過，火焰的有效攻擊範圍大約是四十到五十米，大鼉龍每次噴火，間隔時間最短的是三秒。人在鬆軟的沙土地上跑步，比不得硬路面，會大大打了折扣。以他的武術功底，想要到達大鼉龍的身邊，最快的速度也要三秒鐘。

衝過去之後，既要考慮閃避火焰，以及大鼉龍的利爪和巨尾，還要預防有可能出現的意外情況。

若是身體狀況良好，應該不是問題。可是他現在渾身帶傷，右手根本不能再用力，兩邊的實力一對比，大大打了折扣。

苗君儒望著大鼉龍，思索著對策！

不僅僅是中國，世界上很多國家的典籍中，都出現不少能噴火的奇獸。據古生物學家研究斷定，在白堊紀時代，地球上確實有一種能噴火的恐龍。

這種恐龍的體內，有一個充滿可燃物質的內囊，恐龍在盛怒之時，內囊裏的可燃物質經鼻孔和口腔噴出，遇到空氣後迅速發生燃燒。此類物質在燃燒的過程中，形成極高的溫度，可將被燃燒物體瞬間燒為灰燼。

被燒死的那個土匪，就是最好的證明。

李大虎托著腮幫說道：「我們打小鬼子和二狗子的時候，最喜歡引開他們的注意力搞偷襲。苗教授，要不我們幾個在這裏引牠的注意，你從別的地方繞過去……」

他的話沒有說完，因為他已經看明白了，就他們所處的位置以及周圍的地形，根本沒有辦法繞。

既然沒有辦法繞，就只有硬闖。

崔得金看著苗君儒那受傷的手，關心道：「苗教授，你能熬得住麼？」

苗君儒微笑道：「難道你想退回去麼？」

人是最能熬的動物，在特定的環境下，能夠爆發出自身的潛能，有時候驚訝得連自己都不相信。沒有退路可走，唯有仰仗手中的這把削鐵如泥的寶劍奮力一搏，只要有百分之一的勝算，他都不會輕易放棄。

他想了一下，對李大虎說道：「準備兩顆手榴彈，盡可能地丟到牠的面前去！手榴彈的爆炸，就算傷不到牠，也能令牠嚇一跳，只要牠多遲疑幾秒鐘，我就有辦法……」

他的話還沒有說完，卻驚駭地看著前面，原來就在說話的檔兒，大鼉龍將圓頭鑽進沙土中，發出一種很奇怪的聲音，聲音還在持續，就有幾隻大鱷魚從沙子裏鑽了出來。這幾隻鱷魚每隻的長度都超過兩米，通體金黃色。他見過許多國家的鱷魚，莫不是灰色和深黑色的，像這種通體金黃色的鱷魚，還是第一次見到。

幾隻鱷魚一字排開，如衛士一樣守護在大鼉龍的面前。

不斷有大鱷魚從沙土裏鑽出，有的張開獠牙巨口，朝他們衝來。崔得金和虎子連連開槍，打死了前面的，後面的繼續撲過來。

李大虎扯開了兩顆手榴彈的拉線，遠遠丟了過去。手榴彈一落地，立刻被兩隻鱷魚搶著叼到肚子裏。爆炸聲中，那兩隻鱷魚被炸成兩截！

大夥被鱷魚逼得連連後退。其他的人也連連開槍，子彈暫時遲緩了鱷魚的攻勢。李大虎摸了摸腰間，不敢再扔了。所有的手榴彈加起來，還不夠鱷魚吃的。

虎子一邊開槍，一邊叫道：「苗……苗教授，你……你想想辦……辦法呀！」

沙土地上都是鱷魚，死的活的，幾乎沒有可落腳的地方。

苗君儒望著那些鱷魚，嘴角露出一抹微笑。沒等別人說話，他的身形已經掠起，雙腳的足尖在鱷魚身上如蜻蜓點水般點過，身影在空中幾起幾落，劃出幾個美麗的弧形，迅速接近了大鼉龍。

大鼉龍已經覺出來者不善，抬頭張口，一團巨大的火球噴出。這團火球比方才吐的都大出許多，如一張大網般朝苗君儒罩去。

齊桂枝忍不住驚叫起來，所有的人都認為苗君儒會被那團火焰所吞噬。就在這一刻，奇蹟發生了，苗君儒居然不顧一切地滾落到鱷魚群中，避過了那團火球。

在齊桂枝的驚叫聲中，大家看到有幾顆鱷魚的頭顱飛了起來，一個渾身是血的人，踩著鱷魚的屍體，翻越到大鼉龍的脊背上。

就在苗君儒運起腕力，用左手將青釭刺入大鼉龍背脊的時候，他似乎想到了什麼。

他見過許多遠古神獸，都是具有靈性的，大鼉龍能夠呼喚出這麼多鱷魚來當牠的護衛，就是很好的證明。

憑他手裏的這把利器，要想殺死大鼉龍，估計不是難事，萬一大鼉龍一死，那些鱷魚瘋狂地向大家發起攻擊，結果會怎麼樣呢？

崔得金已經換了兩副彈匣，再這麼下去，等大家的子彈打光，就是葬身鱷魚腹的時候。

他必須降服大鼉龍，利用大鼉龍來控制那些鱷魚，而不是殺死大鼉龍，使所有的鱷魚都瘋狂報復！

就在大鼉龍仰頭的時候，他一個直越，從背脊挑到大鼉龍的面前，隨便用劍尖在大鼉龍的鼻樑上輕輕點了一下。

大鼉龍的鼻樑上出現一條裂口，暗紅色的血從裏面流出來，流到下顎上。

就如一個被隱藏的對手多番調戲卻無法與對手真正來一場鏖戰，以發洩心頭怒火的勇士一樣，大鼉龍一看到站在面前的苗君儒，暗幽的眼瞳立即射出極度的興奮。

就在大鼉龍張開巨口，想要將苗君儒化為灰燼的時候，他不失時機地用劍柄對大鼉龍的鼻尖狠敲了一記。

鼻子是很多猛獸最為敏感而又最脆弱的地方，獅子老虎和獵豹，包括鱷魚！兩隻鱷魚撲來，被他用青釭劍砍為兩截。就在大鼉龍的面前，他的動作是那麼的乾淨利索。他死死地盯著大鼉龍的眼睛，眼神顯得無比的堅定和無畏。

在光線的映照下，青釭劍發出一種奪人心魄的寒光。雖飲過幾隻鱷魚的血，可通身看不見半絲血跡。

正如苗君儒所想的那樣，大鼉龍發出一聲悲鳴，眼神中漸漸有了一些恐懼之色。因為牠知道，牠根本不是眼前這個人的對手！

來自鼻尖的疼痛，使牠忍不住流淚，牠似乎知道，眼前這個人並不想殺牠，否則，那把削鐵如泥的寶劍，已經將牠堅硬如鐵的外殼，刺出幾個大洞了。

苗君儒閉上眼睛，專注地用另一種聲音與大鼉龍交流。幾隻鱷魚見有機可乘，同時撲向苗君儒，想將他撕碎。

一秒，兩秒……

時間彷彿過得很慢，很慢。

苗君儒就像一尊寺廟裏的菩薩，一動也不動，他必須集中精神，與大鼉龍進行心靈上的交流。

就在幾隻鱷魚撲到他的腳邊時，大鼉龍突然伸出巨爪，將那幾隻鱷魚掃到一邊，鼻子「呼哧」了一聲，像是對那幾隻鱷魚發出警告。

果然，那幾隻鱷魚調頭就走，其他想要進攻的鱷魚，也都在週邊遊走。

他緩緩睜開眼睛，有些自豪地笑了一下。他聽一個生物學家說過，人和動物不能用語言直接溝通，但可以用肢體語言和心去交流。他以自己的性命做賭注搏了一把。

儘管贏得很驚險，但他贏了！

大鼉龍的眼神中出現希冀的神色，有幾分期盼和渴求，但也有些許擔心！

正如老地耗子所猜測的那樣，大鼉龍確實被鎖住了。大鼉龍只告訴他，有根粗鏈子繫在牠的身上，很痛苦。

苗君儒無法得知什麼人用什麼方法鎖住大鼉龍，他要做的，就是幫大鼉龍擺脫束縛，還其自由！

大鼉龍吃力地將身體往上拱起，苗君儒看清了大鼉龍的腹部有一個血洞，一根比大拇指還粗的鏈子，從血洞中伸出來，連到沙土內。

或許是不久前移動過的緣故，血洞內不斷有血流出，滲入到沙土中。

苗君儒往前一步，手中長劍一揮，滿以為可以一劍砍斷鏈子，哪知金屬的碰撞聲過後，鏈子上只留下一個砍痕。

他這才意識過來，像這種能夠拴住大鼉龍的鏈子，絕對不可能是一般的鋼鐵，最起碼也是千錘百煉的精鐵。青釭劍即便削鐵如泥，想要砍斷這根鏈子，也絕非易事。

他可以多砍幾劍，只怕大鼉龍受不了這個痛。再者，即使將鏈子砍斷，可大鼉龍的腹中仍殘留一段，傷口不能痊癒，很可能危急性命。前人制住大鼉龍後，在其腹內拴上鏈子，這麼做的目的，就是利用大鼉龍防止外人進入。鏈子扣在大鼉龍腹內的某個部位上，既不危及牠的性命，卻又能令牠無法動彈。

可憐的大鼉龍，一千多年來待在這裏，幾乎不能動彈，每天都在煎熬中度過。

李大虎叫起來：「苗教授，快點把牠殺了！」

苗君儒不理會他們的喊叫，他只有再一次與大鼉龍進行交流，有了第一次的溝通，第二次交流起來就容易得多。他提出兩個條件，第一，鱷魚不能再向他的朋友進攻，第二，他不想砍斷鏈子，必須想辦法把鏈子徹底從腹內除去，以除後患之憂。但是這麼做他沒有把握，而且會很痛。

大鼉龍發出一聲低吼，鱷魚停止了攻擊，迅速回到沙土地上。

從大鼉龍那贊許的目光中，苗君儒知道他的想法得到了同意。他扭頭大聲叫道：「你們過來兩個人幫我！」

那些鱷魚仍在沙土地上爬來爬去，李大虎他們面面相覷，誰敢上去送死？

虎子「哼」了一聲，甩了甩胳膊，把槍背起，大步往前走去。經過鱷魚群時，只見鱷魚紛紛避開。他來到苗君儒身邊，問道：「苗……苗教授，要……要我怎……怎麼幫你？」

苗君儒把手中的劍遞過去，說道：「先幫我拿著，等會我叫你幹什麼就幹什麼。」

虎子接過劍，站在一旁。

苗君儒蹲下身，左手伸進血洞中，順著鏈子往上摸。他的手在大鼉龍的腹內摸索，完全能感受得到這具龐大身軀一陣陣的顫抖。大鼉龍正忍受著來自體內的巨大疼痛。

鏈子的一頭就拴在大鼉龍的主脊椎上，一上一下兩個鉗子般的倒扣緊緊扣住。他摸了一會兒，眼中出現驚奇之色，眉頭卻微微皺起。

這種凹凸形榫狀金屬扣接手法，常見於秦漢時期的各種金屬器皿的相互銜接，特別是鐐銬。一經鎖住就無法再脫開，除非用錘子將鐐銬砸壞或者用銼刀慢慢挫開。隨著歷史的發展和金屬工藝的進步，到西漢末期，就已經被直接掛鎖頭的技術所代替。但這種扣接的手法，仍在民間流傳，並未消失。他曾經在一座元代的殉葬墓中，就發現過這種方法製作的鐐銬。

想要徹底除去鏈子，就必須把兩個倒扣弄壞，可倒扣卻緊箍著大鼉龍的脊柱，根本無法見到，更別說用錘子去砸了。

鏈子是精鋼打造，連青釭劍都不易砍斷，就算他的武功再高，也沒有辦法用手指頭將兩個倒扣分開。

見虎子沒事，李大虎他們壯著膽子走了過來。老地耗子由衷道：「苗教授就是高人，連這隻大烏龜都降服了！」

「這話別說得太早！」苗君儒把他遇到的困難對大家說了，三個臭皮匠頂一個諸葛亮，看看大家能不能幫著一起想想辦法。

老地耗子想了一會兒說道：「這事很麻煩！那是個死扣呀，除非把脊柱骨弄斷，可脊柱骨一斷，大烏龜還能活麼？」

李大虎說道：「前年鬼子掃蕩的時候，我和幾個兄弟被鬼子抓住，用鋼絲穿了琵琶骨，老地耗子趁著鬼子不防備，用挫刀幫忙大家挫開鋼絲，逃了出來。要是有把銼刀就好了！」

他說完，扯開左邊的衣領，讓大家看他的傷疤！

老地耗子說道：「大當家的，刀子倒有，可是誰的身上會有銼刀呢？」

就在大家束手無策的時候，一個脆生生的聲音說道：「苗教授，也許我能夠幫你！」

第八章

驚悚殭屍粉

宋朝時，一個盜墓賊被古墓穴裏的墓石壓住了雙腿，
同夥見死不救棄其而去，盜墓賊倚仗腰裏的那包殭屍粉，
自行砍斷雙腿，靠兩隻手爬出古墓。
在朋友的幫助下，用殭屍粉把那個見死不救的同夥
變成了一具活殭屍。

說話的人是齊桂枝，黎城維持會的會長、大漢奸齊富貴的獨生女兒。像她這種知書達理的千金小姐，若不是李大虎將她擄來，無論如何都不可能與這些草莽混跡在一塊的。

自從苗君儒發覺似乎在邯鄲城見過她之後，就對她有了新的看法。他一直在暗中觀察她，想尋找出某種破綻。

一直到現在，他都沒有找到。

她望著苗君儒，繼續說道：「日本人打太原的時候，我曾經在後方醫院幫忙，有一個戰士的腰椎被兩塊彈片一前一後死死的卡住了，根本取不出來。醫生說像那種情況，聽都沒聽說過，更別說見到了！」

崔得金問道：「後來用什麼方法取掉的？」

齊桂枝說道：「把骨頭削掉一些，兩塊彈片只要一鬆動，就容易取出來了！」

苗君儒的眼睛一亮，這不失為一個辦法，只要將骨頭削去一些，卡口處有些鬆動的縫隙，就能用劍尖插進縫隙撬開死扣。可問題是，他把手伸進血洞的時候，大鼉龍已經疼得發抖，如果要進一步做一個開膛破肚的大手術，沒有麻醉劑，大鼉龍吃得消麼？

老地耗子似乎知道苗君儒有什麼顧慮，他嘿嘿一笑，從背袋裏掏出一包東西，在眾人的面前打開，是一撮黑色的粉末。

虎子驚道：「迷……迷魂散？」

老地耗子有些得意，卻又神秘兮兮地說道：「這可不是迷魂散，是江湖上失傳已久的殭屍粉！」

苗君儒暗驚，他在湖南考古的時候，聽湘西一個趕屍的老道士談起過殭屍粉這三個字。關於殭屍粉的故事，是有些來歷的。不知哪朝哪代，有個盜墓賊進入一座大官的墓葬，哪知驚醒了裏面的千年殭屍，盜墓賊施展渾身解數，總算消滅了千年殭屍，可他也被千年殭屍咬傷，中了屍毒。

一般中了屍毒的人，若有高人及時相救除去體內的屍毒，躺個七七四十九天，並無大礙，否則死後都會變成殭屍。盜墓賊掙扎著回到家裏，體內的屍毒已經攻心，就算找到高人，也回天乏術。他吩咐婆娘在他死後將他燒成灰燼，以免變成殭屍害人。可他沒有想到的是，他的婆娘是個蠱師，連夜進到大官的墓葬中，從千年殭屍口中拔出那四顆獠牙，把獠牙磨成粉，混在蟲蟲裏製成一種黑色的粉末，用祖傳的蠱術保住了丈夫的性命。

盜墓賊的命雖然保住了，但卻變成了活死人，除了頭和手外，胸部以下沒有了半點知覺。靠著婆娘的服侍，度過了餘生。

人死了，但那種用千年殭屍獠牙配製的殭屍粉，卻經過一些蠱師和術士的改良後，秘密流傳了下來。

經過改良的殭屍粉是很神奇的東西，如果有人身上帶著殭屍粉，夜晚潛入某個村莊時，狗一聞到那股味道，立馬嚇得屁滾尿流，連吭都不敢吭一聲。假如遇到殭屍，只消在鼻子底下抹一點，殭屍就嗅不到生人的味道，以為站在面前的人，也是一具殭屍。在特定的環境下，可以把自己變成一根木頭，數天不吃不喝，不動不移。

殭屍粉的最奇妙之處，就是能瞬間止血，並使傷口癒合。但那種東西終究不是良藥，像鴉片一樣容易上癮而無法擺脫的，用過一次，第二次必須要用，而且其他的藥物一律無效。老地耗子那套用童子血治傷的把戲，其實就是靠殭屍粉在唬人。

根據劑量的不同，殭屍粉也能當麻醉劑使用，甚至能把人變成活死屍。他聽人說過，宋朝的時候，有一個盜墓賊被古墓穴裏的墓石壓住了雙腿，同夥見死不救棄其而去，盜墓賊倚仗腰裏的那包殭屍粉，自行砍斷雙腿，靠兩隻手爬出古墓。在朋友的幫助下，用殭屍粉把那個見死不救的同夥變成了一具活殭屍。

殭屍粉是好東西，可要是放在壞人的手裏，就成了助紂為虐之物，況且千年殭屍也不是說找就能找得到的，有的人找了一輩子，別說千年殭屍，就是百年殭屍也找不到一具。

殭屍粉在江湖上失傳，與一個大人物有關，那就是明太祖朱元璋。

朱元璋原名朱重八，明史記載，他自幼貧寒，父母兄長均死於瘟疫，孤苦無依，入皇覺寺為小沙彌。入寺不到兩個月，因荒年寺租難收，寺主封倉遣散眾僧，朱重八只得離鄉為游方僧人，浪跡江湖。後於至正八年又回到皇覺寺，在其友湯和的來信勸說下，參加了郭子儀領導的起義軍，並改名「朱元璋」，意為誅（朱）滅蒙元的「璋」。值得人們深思的，就在這個「璋」字上。

「璋」是古代的一種玉器，形狀像半個圭，始見於新石器時代晚期，古代朝聘、祭祀、喪葬、發兵時，君主與群臣手裏拿著「璋」，用以表示瑞信。戰國之後，玉璋退出了歷史舞台，縱觀近代的考古研究和歷代的古董記載中，都從未見到戰國之後的玉璋。

不是專業的人，不知道「璋」是什麼東西，而「璋」字的含義，也絕對不是一個沒有念過一天書的人所能知道的。

事實上，朱重八確實將自己的名字改成了朱元璋，是一塊誅殺元朝，而給他自己帶來祥瑞和運氣的玉「璋」。

朱重八為什麼要將自己的名字改為「璋」，歷史學家想破了腦袋，都無法找到答案。但是流傳於民間的一段野史傳說，或許能夠解釋這個問題。

傳說朱重八在遊歷四方浪跡江湖時，幹過各種各樣的事，包括盜墓。正是由於盜墓，才使他從前輩人的口中知道各種古董玉器的來歷常識，也知道「璋」是做什麼的。一次偶然的機會，他從一座古墓中拿到一本奇書，正是這本奇書，教會了他怎麼運用兵法，如何籠絡人心。

朱重八改名為朱元璋，打敗幾個強大的對手，建立了大明朝後，開始幹起了兔死狗烹的活，大肆誅殺功臣，除幼年好友湯和一人得以善終外，其餘的人都死在他的手裏，雖然這些功臣的死法不盡相同，但有一人的死法實在過於怪異，那就是御史中丞兼太史令弘文館學士誠意伯劉基劉伯溫。

劉基，字伯溫，浙江青田人，故時人稱他劉青田，明洪武三年（一三七〇）封誠意伯，人們又稱他劉誠意。武宗正德九年追贈太師，諡文成，後人又稱他劉文成、文成公。此人幾乎是個天才，會寫詩，通經史、曉天文、精兵法。他輔佐朱元璋完成帝業，被後人比作為諸葛武侯。朱元璋多次稱劉基為：「吾之子房也。」在文學史上，劉基與宋濂、高啟並稱「明初詩文三大家」。

在民間，劉伯溫是一個奇人異士，相傳由他所著的《燒餅歌》，向朱元璋暗示大明日後所發生的事，甚至明亡之後數百年的事。全文共計一千九百一十二字，用四十餘首隱語歌謠組成，是用隱語寫成的「預言」歌謠，據卦撰詞，從一定的「象數」規律排來，涉及到「象、數、理、占」的入化應用，可謂是一篇神文。

明史記載：洪武八年三月，帝親制文賜之，遣使護歸。抵家，疾篤，居一月而卒，年六十五。基在京病時，惟庸以醫來，飲其藥，有物積腹中如拳石。其後中丞塗節首惟庸逆謀，並謂其毒基致死云……

就是這樣一位上知天文下知地理的人物，居然是中蠱而死的。

在政治上，劉伯溫並沒有犯多少過錯，他一見情況不妙，便急流勇退，謝絕了朱元璋要他出任丞相的好意，還與朝中大臣保持一定的距離。可就算他再識時務，心狠手辣的朱元璋仍是沒有放過他。據青田縣劉氏後人相傳，劉基感染了風寒，朱元璋知道了之後，派胡惟庸帶了御醫去探望。御醫開了藥方，他照單抓藥回來煎服用，覺得肚子裏好像有一些不平整的石塊擠壓在一起，讓他十分痛苦。雖有名醫用藥，但於事無補。他似乎知道是怎麼回事，在與朱元璋談論政事時，隨便提了一下自己的病，他以為朱元璋會很在意，可惜他錯了。正如他所猜想的那樣，朱元璋已經對他這個開國功臣起了殺心。

劉伯溫回到老家後，開始閉門謝客，不與任何朝廷中人來往，暗中研究各種治療奇症的偏方。可就在他的病情略微好轉的時候，朱元璋給他來了一封信，他看完信後就把信給吃了，稍後開始全身僵硬，口不能語，三天後腹脹如鼓，七日後卒。皇上得知他的死訊，只派人前來弔唁了一下，並沒有其他的表示。直到一百多年後，明武宗朱厚照才追贈他為太師，謚文成。

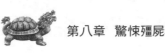

沒有人知道是誰下的蠱，那是歷史之謎。但明眼人不難看出，以劉伯溫的身分，若無皇上同意，誰敢害他？

就在劉伯溫死後的當天晚上，南京的「詔獄」發生大火，明史記載：洪武八年三月，詔獄大火……

這「詔獄」是朱元璋直接掌控的，裏面關押的都是朝廷重犯。按理說，「詔獄」失火這樣的大事，朱元璋不可能不聞不問。奇怪的是，朱元璋不但不聞不問，還把管理「詔獄」的五品鎮撫司童招弟，升為從三品同知，派出京城公幹。童招弟出京城後沒多久，就離奇暴斃，而他的家人，上至七十多歲的老母，下到三歲孩童，一夜之間都暴斃身亡。

據民間的說法，當時的「詔獄」關押著的，除了「胡藍二案」所牽扯的要犯外，還有一批特殊的犯人，那就是受劉伯溫之邀，從各地赴京的能人異士。這些能人異士裏面，既有技術高超的盜墓賊，也有遊歷四方的風水師，還有能掐會算的算命先生。「詔獄」失火之後，這些人從世上蒸發了，成了一個誰都解不開的謎團。

所有的這些事，都是錦衣衛幹的。錦衣衛雖然有偵察、緝捕、審判、處罰罪犯等權力，但是最厲害的，就是偵察的手段了。哪個官員在家裏做過什麼，說過什麼話，即便是最隱秘的夫妻床笫之事，朱元璋都一清二楚。有些官員為了防備錦衣衛的打探，暗中在家裏養狗，夜晚防止陌生人進入。

明史中記載錦衣衛精通各門各派功夫，能趴在人家的屋樑上，或躲在某個角落裏，數日不吃不喝不動不移。

如果讓一個人數日不吃不喝不動不移，即使是鼓上蚤時遷轉世，也無法做到。

往深處想一想，如果這些錦衣衛有藥物的幫助，就不難辦到了。

從洪武八年的「詔獄」大火，到洪武三十一年朱元璋駕崩的這廿三年間，無論是官方正史，還是民間書籍，都找不到一處有關盜墓賊、風水先生和算命先生等江湖術士的記載。是什麼原因所造成的，沒人去考慮，更沒有人去深究，史學家們只能根據各種版本的民間書籍記載去猜測。

自那以後，許多民間秘術、武學奇技和良藥偏方，都從江湖上失蹤了。當然，也包括殭屍粉。

朱元璋雖然是鐵腕皇帝，但要想牢牢地控制每一個錦衣衛為其賣命，除了金錢與權力的誘惑外，肯定還有另一種方式。

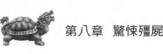

江湖上很多邪派組織，往往會用藥物控制組織內的人為其賣命。

可以考慮，浪跡江湖的朱元璋，肯定在江湖上學到了很多很實用的手段，包括用藥物控制每一個錦衣衛。皇家的機密，豈可讓外人得知？於是朱元璋對每一個知情者舉起了屠刀。朱大屠夫的屠刀所到之處，人頭紛紛落地。江湖中人斬草除根的特性，被朱大屠夫發揮得淋漓盡致。

劉伯溫是個奇士，又與江湖上的那些能人異士打過交道，卻死於江湖上駭人聽聞的蠱毒，這樣的結果不得不使活著的人三思。

朱元璋為什麼要那麼做？或許只有他本人才知道答案。

幾年前，苗君儒在皖西考古的時候，聽一個姓程的風水先生說過。朱元璋父母的墳地，就是這個風水先生的祖上幫忙一起抬葬的。當時的情形，確實如朱元璋當上皇帝後所說的「殯無棺槨，被體惡裳，浮掩三尺，奠何肴漿」。誰都沒有想到，就是這樣的一塊破地方，居然是風水寶地。

在朱元璋發跡之後，曾經想把他的父母另尋吉地安葬，可奉命前去看風水的風水師，在看了朱元璋的祖瑩之後，才發覺這是一塊萬年難遇的「鳳凰點穴」地。

照風水堪輿書的說法，有山才有氣，有氣才有脈，有水才能活。風水師根據山脈流水的走向，判斷龍脈何處結穴，適合什麼樣的人下葬，怎樣陰福後人。

這附近雖然有些小山，但總體是平的，屬於平原地帶。只是平洋結穴不像山地結穴那麼明顯，那麼氣勢恢宏。需要風水師仔細勘測尋找蛛絲馬跡，來識破龍意所居之地！

一般情況下，平洋之脈結穴的可能性極小，但這裏卻不同，有一條河像玉帶河一樣橫切在墳塋的遠處。附近有兩口井，左右對稱。有玉帶河環繞，風水上稱為玉帶纏腰，卻還不夠。若沒有這兩口井，此穴只能算是普通的穴，後人連大官都當不了，別說做皇帝了。

但有了這兩口井，情況就不同了。好比一盤看似僵持的死棋，因為有了兩個活眼，全盤棋就活了。遇水聚氣，這兩口連接天地玄氣的井，使此處就成了「鳳凰點穴」的風水寶地。雖然是當時無奈的葬地，卻無意識之中葬到了一塊風水寶地之上。

平洋龍結穴，比山龍結穴發福更快更悠久。所以朱元璋就發跡了，而且他的後代子孫中，陸續出了二十個皇帝（包括南明）。

一般墳墓立向多是癸山丁向，即坐北朝南，而朱元璋父母墳是丁山癸向，坐南向北。這種反其道而行之的龍穴，被稱為「反掌之穴」，後代子孫薄情寡義，翻手為雲覆手為雨。縱觀明朝的每一個皇帝，大多是薄情寡義之輩，更別說明太祖朱元璋了。

或許是受朱元璋當皇帝的影響，那個程姓風水先生的祖上，便拜了一個風水先生為師，開始學著看風水，走遍了大江南北，想替自己看一個風水寶地，好讓後人發跡。可事不如願，不但沒有替自己看到一處好風水，還客死他鄉，做了孤魂野鬼。受祖上的影響，程姓風水先生的後代子孫，多從事風水研究，為的就是尋找風水寶地。寶地倒是葬了不少，但幾百年來，程姓當皇帝的，沒有一個，當大官的也寥寥無幾。

風水師只會看風水，可他們參不透天機。上天要註定某人當皇帝，豈是單靠風水就能達到的？

見苗君儒在發愣，李大虎問道：「苗教授，你在想什麼？」

苗君儒醒悟過來，忙道：「沒事，沒事！」

老地耗子意味深長地說道：「苗教授，我知道你在想什麼。我可以明明白白告訴你，這殭屍粉的來歷！」

李大虎罵道：「老地耗子，那你還賣什麼關子？直接說就是了！」

老地耗子說道：「大當家的，現在不是說這些話的時候。先讓苗教授把這隻大烏龜救了再說，像這麼大的烏龜，是有靈性的，說不定能幫到我們！」

有殭屍粉的幫助，就能夠給鼉龍動一個開膛破腹的大手術。苗君儒接過殭屍粉的時候，老地耗子說出了殭屍粉的用法：用尿稀釋後喝下去，能夠讓人身體僵硬，就是把大腿砍斷，都不會覺得痛，混合童子血塗抹在傷口上，可以使傷口快速癒合。他還煞有其事地說，以前他療傷，就是用這兩種方法。

李大虎呵呵笑道：「以前我們見你的傷口好得那麼快，都以為你真的會法術，原來是靠這種東西。」

苗君儒向虎子要了一個水壺，把裏面的水喝完，按老地耗子所說的份量，倒了一點殭屍粉進去，背過身往水壺裏撒了一泡尿，接著搖了幾下，讓殭屍粉與尿液充分溶解。轉身走到大鼉龍的面前，閉上眼睛，用意念與大鼉龍交流起來。剛開始，大鼉龍似乎不太願意，可是經不住苗君儒的勸說，想到從今往後可以擺脫使牠痛苦了一千多年的大鐵鍊，便同意讓苗君儒替牠動手術。

牠盡最大的力度翻轉龐大身軀，以便於動手術。在張開嘴巴，喝下殭屍粉尿液之前，牠對著周圍的那些鱷魚低嚎了幾聲，只見那些鱷魚紛紛聚攏來，圍在李大虎他們的周圍，冰冷的目光齊聚在他們的身上。好像要張開血盆大口，隨時撲上前開始一頓人肉大餐。

大鼉龍告訴苗君儒，如果救不了牠，所有兩隻腿的人，都將被牠的子孫們吃掉。

大鼉龍喝下殭屍粉尿液之後，身體果然逐漸僵硬，四隻大爪子也伸直開來，就像一條歪斜的大木船。

老地耗子嘿嘿地笑道：「苗教授，還是你有辦法！」

苗君儒說道：「你別高興得太早，如果我不能把鏈子取下來，我們都會被吃掉，一個都別想活著離開！」

老地耗子說道：「我們每一個進來的人，都沒想過能活著離開，只不過被這些怪物吃掉，死得實在很噁心！」

老地耗子和其他人一樣，都沒有見過鱷魚，所以他認為這些長得很奇怪的鱷魚都是怪物。

齊桂枝說道：「大家都別說話了，讓苗教授儘快動手術吧！」

苗君儒看了眾人一眼，說道：「在野外考古的時候，碰到摔傷骨折之類的傷勢，我雖說都能應付，但動這樣的手術，還是第一次，如果你們哪位自認比我行的，就請他動手吧！」

李大虎說道：「苗教授，我們這些都是粗人，哪個會做呀？還是你來吧！」

苗君儒見沒有人再吭聲，便朝大鼉龍的腹下走去。大鼉龍腹部的創口比原先大了許多，流出不少鮮血，把沙地都染紅了。他見李大虎的腰間繫了一把匕首，便要了過來，拿出隨身帶的打火機，將匕首燒了一下，算是消過毒。接著，他小心地沿著創口橫向切開。

鱷魚的皮一向很堅硬，即便是最薄弱的腹部，也比一般的動物要厚實，這隻千年大鼉龍的腹皮足足有四寸厚，更是堅硬如鐵。饒是匕首鋒利無比，苗君儒使上很大的勁，還是切得很吃力。

李大虎站在苗君儒的身邊，不由地說道：「這隻大怪物的皮怎麼這樣硬，我的匕首是花了兩百大洋買來的，連兩三層牛皮都能捅得穿呢！」

老地耗子說道：「大當家的，你也不看看這是什麼大怪物，至少活了一兩千年呢！別說你的匕首，就是槍都打不進。依我看，以前進來的人，在這隻大怪物身上，沒少吃虧。說不定他們都被這些小怪物給吃了。」

崔得金說道：「小怪物吃人不假，難不成他們身上的槍支彈藥，都給吃了不成？」

沙地上連半縷衣服的碎片都沒有，更別說損壞的槍支了。

老地耗子說道：「苗教授，等下大怪物醒了，你問問牠，見過以前進來的那些人沒有？」

苗君儒可沒有心思回答老地耗子的問題，他已經將創口切開了十幾釐米，不斷有鮮血流出來，滴到他的腳上。

「還要再割開一些！」李大虎說著，從身上摸出一個小藥瓶，往大鼉龍的傷口上倒了些白色的粉末，他呵呵地笑了一下，說道：「幹我們這一行的，變法術的藥沒有，可這金創藥，還是有的！」

金創藥的藥效還不錯，倒上去之後，切口就不再流血了。在苗君儒的努力下，終於切開了一個長達二十多釐米的切口。通過切口，看到大鼉龍肚子裏面的臟器。動物的臟器沒有人類的複雜，把幾條粗大的腸子擠到一邊，就清楚地看到了那個扣在脊柱骨上的大鐵扣了。

李大虎也看清了那兩個倒扣，說道：「苗教授，其實不用削骨頭，用我的匕首直接卡進扣環裏，說不定能撬開。」

古人在製作這種倒扣的時候，早就想到怎樣才能不被人輕易弄開，所以在鐵扣的銜接內部，還有兩道相互卡死的凹凸槽。凹凸槽的作用，就是防止被人撬開的。令他感到欣慰的時候，鐵倒扣受大鼉龍腹內酸性物質的侵蝕，表面坑坑窪窪凹凸不平，銜接口最薄的地方，厚度不到一個釐米，要是有把小鐵鋸或小挫刀就好了。

苗君儒微微笑了一下，並沒有按李大虎說的去做，而是說道：「大當家的，你這匕首真的花了兩百大洋買的？」

他拿到這把匕首的時候，就知道是現代工藝打造的，只不過多用了一些好鋼，多鍛造了幾次，比一般的匕首鋒利耐用些而已。像這類的匕首，若是鐵匠鋪出售的話，最多不過幾角錢，在重慶黑市上的美國軍用匕首，最高也不過十塊大洋，勃朗寧手槍的黑市價，也不過三百大洋。若是李大虎真的花了兩百大洋換來這把匕首，肯定是被人騙了！

李大虎還沒說話，老地耗子就笑道：「這把匕首是邯鄲城外蕭家鐵鋪的蕭二妹親手打的，在我們大當家的眼裏，別說兩百大洋，就是兩千都值！」

那年苗君儒進邯鄲城，路過一個小村子，確實見到一個掛著「蕭家鐵鋪」木牌子的鐵鋪，他聽人說過，蕭家幾代打鐵，打出來的東西經久耐用，而且鋼火很好，在那一帶都有名氣。當時他只是路過，並沒有進去，不知道老地耗子說的蕭二妹長得什麼樣，但他從老地耗子的話中，聽出這把匕首對李大虎的重要性，於是把匕首遞給李大虎，說道：「大當家的，你還是收起來吧！」

李大虎的臉色一變，問道：「幹嘛，嫌我的匕首不好用？」

苗君儒說道：「不是，我想要一把銼刀！」

「苗……苗教授想……想把匕……匕首變成銼……銼刀！」虎子說著，拔出了自己的刺刀，說道：「苗……苗教授，用……用我的！」

老地耗子說道：「你那刺刀太長了，在肚子裏不好使！」

虎子說道：「不……不是有……有把削……削鐵如泥的青……青釭劍嗎？把……把刺刀削……削成匕……匕首就行了！」

苗君儒把插在腰間的青釭劍拋給虎子，虎子拔出劍，用力在刺刀上一磕，刺刀立即斷為兩截。大家的臉色都為之一凜，李大虎說道：「要是用這把劍和小鬼子拚刺刀，一定不會吃大虧！」

虎子用劍連連在短刺刀的刃上磕了幾下，刀刃立即出現一排鋸齒。很快，一把小銼刀就在他的手中完成了。

銼刀有了，可挫起來並不省力，沒挫一會兒，短刺刀上的鋸齒就被磨平。好在有青釭劍，可以繼續製作銼刀。

一個多小時後，苗君儒用壞了三把由刺刀製作成的銼刀，終於把鐵扣的銜接口挫開，他舒了一口氣，抹了一下額頭的汗，重新伸手進去，抓住鐵扣用力一分，終於將鐵扣分開。就在這時，大鼉龍的身體突然動了一下。

齊桂枝驚道：「牠醒了！」

大鼉龍確實醒了，原本僵硬繃直的大爪子，也縮了起來。

老地耗子說道：「可能藥力不夠！要不給他再來點？」

「不……用……了……」苗君儒的手從大鼉龍的腹內抽了出來，手上拿著的正是卡在大鼉龍脊柱骨上的大鐵扣。

李大虎高興道：「這下好了，不用擔心被怪物吃掉了！」

老地耗子說道：「東西取出來了，得讓傷口儘快癒合，到哪裏去找童子血呢？」

崔得金說道：「我們八路軍隊伍裏面，有的是童子，虎子就是一個！」

虎子在手臂上劃了一道口子，苗君儒用水壺裝了一點，混合了殭屍粉之後，隨手給虎子的傷口抹上，說也奇怪，眼看著那傷口漸漸癒合，到後來只見一條粉紅色細線。

苗君儒脫下衣服，把綁在右臂上的繃帶解開。傷口抹上殭屍粉後，只覺得一陣麻癢，片刻功夫，被子彈打穿的地方，就只剩下一個比銅錢小的紅點。他運了運氣，感覺好多了。

老地耗子說道：「只消幾個時辰，連紅點都不見了，你就完全恢復了！」

殭屍粉果真是好東西，大鼉龍腹部的傷口被抹上之後，也很快癒合了！大鼉龍翻過身體，在沙地上轉了幾圈，發出興奮的吼聲。

老地耗子把剩下的殭屍粉要了回來，小心地包好藏進貼身的衣兜裏，對苗君儒說道：「苗教授，問問牠，有沒有見過以前進來的人？」

崔得金說道：「牠被鎖在這裏一兩千年，見過的人多了！」

老地耗子知道自己沒說清楚，接著說道：「去年進來的那兩撥人，一撥是八路軍遊擊隊，一撥是小鬼子。另外，前年進來的那撥人……」

崔得金說道：「我只聽說去年進來了兩撥人，除此之外，就是民國十一年直奉大戰的時候，直系軍閥孫傳芳，曾經派了一個團，在這一帶大山中尋找皇帝谷，結果那個團離奇失蹤了，一千多人，生不見人死不見屍，有人說進了皇帝谷出不去了，也有人說團長明知無法完成任務，索性投降了奉系軍閥。後來孫傳芳打了敗仗，這件事就不了了之了！」

老地耗子冷笑道：「有的人是明目張膽進來的，大家都知道，可有的人卻是偷偷進來的，沒有幾個人知道！說不定今年在我們之前，就有人進來了呢！哪個膽大的人不想看看皇帝谷裏面究竟什麼樣子，又有哪個人不想發大財的呢？自古人為財死鳥為食亡，就拿幹我這一行的人來說，誰掏了一個什麼樣的洞，除了他本人和同伴之外，又有幾個人知道呢？」

被老地耗子這麼一說，大家都覺得有幾分道理，對有些人而言，皇帝谷是一處充滿神奇誘惑力的地方，誰不想進來看一看呢？

李大虎說道：「老地耗子，那你說說，前年什麼人進來了？」

老地耗子說道：「大當家的，難道你忘了？邯鄲城博雅軒的孫老闆，托我們幫忙打聽過的那個人！」

李大虎回憶起來，說道：「你說的是他呀！你怎麼會認為他會進來皇帝谷呢？」

崔得金說道：「你們兩個人在打什麼迷糊，什麼他呀他的，說出來給大家都知道！」

李大虎說道：「老地耗子說的是何大瞎子！」

前些年在邯鄲附近考古時，苗君儒就聽過何大瞎子這個名字。何大瞎子是個算命先生，由於算得極準，被人稱為何半仙。由於何半仙洩露了天機，導致雙眼患上惡疾，怎麼治都治不好，後來雙目失明成了瞎子。信他的人都稱他為何半仙，不信他的叫他為何大瞎子。何大瞎子在沒有瞎之前，經常替人看風水，瞎了眼睛之後，就只有靠算命為生了。

何大瞎子之所以在邯鄲一帶出名，是因為他替駐守邯鄲城直系小軍閥韓督軍算過命。民國九年的時候，韓督軍還只是一個小小的連長，一天經過何半仙的卦攤，突然心神一動，要何半仙給他算一算前程如何。還沒等他報上生辰八字，何半仙就說他這兩三年會發跡。

直皖戰爭和湘鄂戰爭過後，韓督軍隨上司一起投靠了湖北軍閥孫傳芳，孫傳芳急需擴張勢力，鼓勵所轄各部擴充兵力，以期達到與其他軍閥爭霸的戰略目的。韓連長收羅了一大批土匪武裝和地方民團勢力，成為權傾一方的小軍閥。被何半仙說中了。

春風得意的韓督軍並沒忘記那個替他算過命的人，派了手下帶著一千大洋，想請何半仙進督軍府去當軍師，誰知何半仙不去，還說韓督軍活不過三年，命中註定會被亂槍打死。韓督軍盛怒之下，要拿何半仙法辦，哪知何半仙逃去無蹤。兩年後，直系軍閥內部混戰，韓督軍果然在出巡時被對手派來的刺客亂槍打死。

幾年後，何半仙出現在邯鄲城，同樣支個卦攤算命，但是他所算的卻不靈了，生意漸漸做不下去，也不知道靠什麼維持生活。有關他的故事，成為邯鄲城內街知巷聞的傳奇。

老地耗子說的邯鄲城博雅軒的孫老闆，苗君儒也見過一面，是有朋客店的韓掌櫃介紹來的，求他幫忙看兩件東西。一件是白玉酒樽，一件是鏤金玉帶，都是東漢時期的文物。此人長得矮矮胖胖，一張大磨盤臉上鑲嵌著兩隻綠豆小眼，眼神中充滿了精明與狡詐。

想到這裏，苗君儒不由地問道：「博雅軒的孫老闆和何大瞎子是什麼關係？」

李大虎驚道：「苗教授，你認識他們？」

苗君儒點了點頭，卻又搖了搖頭。

老地耗子說道：「苗教授，你還是趕快問問這隻大怪物吧！」

苗君儒走到大鼉龍的面前，閉上眼睛和大鼉龍交流起來，沒兩分鐘，他睜開眼睛，對老地耗子說道：「牠說沒有見過他們！」

老地耗子叫道：「不可能，牠一定是在騙你！」

崔得金來到苗君儒身邊，低聲說道：「苗教授，你忘了我們在晚上看到的那股妖氣了麼？妖怪的話怎麼能信呢？」

苗君儒說道：「就算那股妖氣是這隻大鼉龍身上的，可是到現在，牠都沒有……」

話說到這裏，他突然想到一個問題。

第九章

大明真正的皇陵

大家都認為，葬在皇帝谷內的皇帝，
是大魏朝的武皇帝曹操曹孟德。
明朝的皇陵有兩處，一處在南京，一處在北京，
即便是明太祖朱元璋的父母或祖上的陵墓，
也應該在安徽的鳳陽，怎麼會在這裏冒出來了呢？

苗君儒想到那個問題之後，把話題一轉，接著說道：「也許牠真的沒有見到。遊擊隊長和小鬼子都是什麼時候進來的？」

崔得金說道：「據我所知，都是二月份，前後相差幾天而已，大雪還封著山呢！」

苗君儒說道：「這就對了，你們面前的這些動物，都像蛇一樣，一到冬天就找個洞鑽起來睡覺，不到驚蟄打春雷，牠們是不醒的！如果你們睡得跟死豬一樣，有人從你們身邊走過，會知道麼？」他轉向老地耗子，繼續說道：「何大瞎子只是一個瞎子，孫老闆只是要你們幫忙打聽他的下落，難道孫老闆對你說，他進來這裏了？」

老地耗子的神色有些驚慌起來，說道：「沒……沒呢，我只是懷疑……」

苗君儒說道：「也許他根本沒來。就算他進來了，也絕對不可能是一個人，或許他也是冬天進來的呢！」

沒有人吭聲了。

苗君儒接著說道：「大鼉龍願意讓我們過去，牠說前面有牠的一個死對頭，要我們小心點！」

崔得金說道：「牠的死對頭，肯定又是一隻千年大怪物！」

苗君儒說道：「既來之則安之，怕也沒有用，大家小心點就是了！」

大鼉龍低吼一聲，那些鱷魚自動讓開一條路，一行人繞過大鼉龍，沿著沙地往前走。過了沙地，就是一條木板鋪就的小道，兩邊都是濃密的樹林，樹下的雜草間開著不知名的野花，空氣中蕩漾著一絲若有若無的花香。誰都不敢走到樹林中去，生怕莫名其妙地死在這裏。

興許是年代過於久遠，很多木板都已經腐爛不堪，一踩就變成了碎末。從木板被踩過的痕跡看，有不少人經過了這裏。好在木板下面還是木板，層層疊加，不至於踩塌，但稍不慎就容易扭了腳。

走了沒多遠，最前面的虎子用步槍挑起一隻丟在路邊草叢中的皮靴給大家看。這是日軍的軍靴。

在皮靴旁邊的草叢中，躺著一具骷髏，骷髏身上的服裝還沒爛，苗君儒看清領口處的領章，是日軍少尉。在骷髏旁邊，還有一柄已經生了鏽的指揮刀。李大虎上前撿起指揮刀，抽了出來，刀鞘雖然鏽跡斑斑，但是刀身並未有半點鏽跡。

李大虎呵呵笑道：「我聽說鬼子指揮官的刀很好，劈開兩塊大洋都不會卷刃，早就想弄一把來玩玩，可一直沒逮著機會。嘿嘿，這把刀歸我了！」

苗君儒說道：「看看旁邊還有沒有別人？」

李大虎在骷髏旁邊轉了幾個圈，並未發現第二具骷髏。苗君儒連連道：「奇怪，奇怪！」

崔得金問道：「奇怪什麼？」

苗君儒說道：「這具骷髏身上穿著日軍少尉的軍官服，據我所知，日本人是不會輕易丟棄士兵屍體的，即使是在最惡劣的條件下，他們也會想辦法把屍體燒了之後帶走骨灰！對於軍官的屍體，更是想方設法都要把屍體運回去。」

老地耗子冷冷說道：「那也要看在什麼地方。在這裏，他們就是想運回去，都沒有辦法。依我看呀，那些鬼子一定是遇上了什麼可怕的事情，連自己的命都顧不了，還顧得著死人嗎？」

苗君儒問道：「那你告訴我，這個日本人是怎麼死的？」

老地耗子說道：「都變成一堆骨頭了，我哪知道呀？又不是用刀砍死的，你以為能在骨頭上找到痕跡呀！說不定草叢裏竄出一條蛇來咬了他一口，不傷骨不傷肉的，人就死了！在這山谷裏，被蚊子叮上一口，說不定都沒命！苗教授，我們還是儘快往前走吧，別圍著死人骨頭看個半天，耽誤了時間！」

當其他人相繼離開後，苗君儒仔細看了看骷髏的腳板骨，眼中露出一抹疑惑。日本人大腿以下的骨骼，與中國人的有些不同，略帶外八字型的彎曲，腳板骨更是扁平塌陷。可是這具骷髏的下肢筆直，腳板骨往上拱起。

他心中蕩起一個疑問，如果這具骷髏不是日本人，而是穿著日軍軍服的中國人，會是什麼情況呢？

前面的人已經走遠了，他來不及多想，拔腿追上前去。

這一路走過去，道路雖然崎嶇，卻都是由厚木板鋪成的路。儘管沒有出現第二具骷髏，但每個人都走得很小心。苗君儒從背後看著齊桂枝那苗條的身材，覺得應該找個機會和她單獨談一談。

木板路上除了腐爛的木屑和凌亂被踩過的腳印，就再也沒有別的痕跡了。

林子越來越密，終於，一棵十幾個人都合抱不過來的大樹擋住了去路，大樹的中間有一個黑乎乎的大洞，就像怪物張開的巨口，隨時把人吞噬進去。

在大樹的左邊，有一處被削去樹皮的地方，上寫四個紅色隸體大字：大明皇陵。右面同樣有四個紅色隸體大字：擅入者死！

大家都驚呆了，李大虎和崔得金用手揉了揉眼睛，確信自己的眼睛沒有發花。歷史上稱為「大明」的，除了朱元璋創建的明朝，還能有第二家麼？

可是大家都認為，葬在皇帝谷內的皇帝，是大魏朝的武皇帝曹操曹孟德。明朝的皇陵有兩處，一處在南京，一處在北京，即便是明太祖朱元璋的父母或祖上的陵墓，也應該在安徽的鳳陽，怎麼會在這裏冒出來了呢？

就在眾人都詫異之際，老地耗子突然哈哈地笑起來：「原來是真的，原來是真的！」

李大虎踢了老地耗子一腳，罵道：「你是不是瘋了，到底在說什麼？一下子說何大瞎子來了這裏，一下子又說什麼是真的。好像你到過這裏邊似的，你他媽的到底還有多少事瞞著我？」

崔得金說道：「他肯定有很多事情瞞著你，他不是說等苗教授治好了大怪物，就把殭屍粉的來歷告訴大家的嗎？可到現在還沒說！」

李大虎說道：「你不提醒，我還差點忘記了。老地耗子，你到底知道多少？今天要是不說清楚，別怪我不客氣！」

老地耗子望著那塊石碑，說道：「我本來是不想說的，既然大當家的逼我，那我就只好說了！」他有些得意地說道：「我祖上曾是洪武皇帝的親信，官至錦衣衛千戶，俗話說伴君如伴虎，洪武皇帝是個什麼樣的人，我就不多說了。洪武八年的時候，我祖上替洪武皇帝辦了一件大事……」

苗君儒說道：「助紂為虐，幫他殺了一批江湖奇士！」

老地耗子驚道：「你怎麼知道的？」

苗君儒說道：「你別問我是怎麼知道的，繼續說吧！」

老地耗子繼續說道：「你們知道洪武皇帝為什麼要那麼做嗎？」

李大虎罵道：「別廢話，說下去！」

老地耗子乾咳了幾聲，吐出一口濃痰，說道：「其實沒有幾個人知道，洪武皇帝在離開寺廟浪跡江湖的時候，什麼事都幹過，也幹過和我一樣的活。他在一座古墓裏發現了一本奇書，正是這本奇書，使他從一個江湖混混變成明朝的開國皇帝。」

崔得金問道：「你不是說你祖上是錦衣衛千戶嗎？難道他跟朱元璋一起浪跡江湖的，要不然，他怎麼知道朱元璋做過什麼事？」

「問得好！」

老地耗子說道：「我祖上確實沒有跟洪武皇帝浪跡江湖，否則我們家早就被他誅滅九族了。苗教授剛才不是說過嗎？我祖上替洪武皇帝殺了一批江湖異士，他說得一點都不錯，當年詔獄大火，燒死了七十八個人，這些人都是洪武皇帝的舊相識，具有各種各樣的本領。有的是風水算命大師，能準確算出諸事凶吉，幫助洪武皇帝驅凶避邪，有的是江湖上某一個門派的頭面人物，掌握各種秘製毒藥，可以輕易控制別人。

「大明朝的江山，其實有一半是這些人的功勞。洪武皇帝坐穩了江山之後，照例對有功之臣論功行賞，所以也把那些江湖能人異士都招來了，打算封賞完那些文臣武將後，再對這些人進行封賞。可是當他正要對這些人進行封賞時，有一件事情突然改變了他的想法。因為他發覺有些大臣與這些人走得很近，甚至稱兄道弟。你們知道當皇帝最怕什麼？最怕就是大臣們拉幫結派！

「大臣們的勢力大了，皇帝就當不成了。再說了，要是讓天下的百姓知道他過去闖蕩江湖時幹過什麼，還能令百姓信服嗎？所以洪武皇帝殺了那麼多人，一來消弱大臣們的勢力，二來就是不想讓別人知道他的過去。一開始，洪武皇帝只是對大臣們下手，沒想過要對付這些能人異士，因為他還用得著他們。

「後來，大臣們私下議論洪武皇帝浪跡江湖時做的那些事，還說洪武皇帝成為義軍領袖後，要昔日的江湖朋友盜挖墓葬，靠著墓葬裏挖出來的金銀財寶充作軍費招兵買馬，這些事被錦衣衛打探到報呈給洪武皇帝，他才覺得問題大了。

「於是，洪武皇帝不惜捏造各種罪名，大肆誅殺群臣。所有知道那些事的大臣，一個都沒逃過，全都被滅了九族。殺完那些大臣，他開始轉過頭來對付那些被軟禁起來的能人異士，將他們全部下了詔獄。為防止這件事外泄，引起江湖幫派對朝廷的怨恨，他秘密要先祖去詔獄點起一把大火，把關押的能人異士全部燒死，一個都不許放過。

「可惜洪武皇帝百密一疏，那些能人異士裏面，有一個曾是先祖的救命恩人。先祖雖有皇命在身，可不忍救命恩人喪身火海，便將恩人請到另一間牢房實情相告，想偷偷救恩人一命。誰想恩人聽完先祖說明來由後，只淡淡一笑，說早就知道了，還說洪武皇帝是天煞星下凡，這些人註定都要死在他的手裏，天意不可違。恩人問先祖，是不是每到月圓之夜，渾身就麻癢難當，腹內疼痛難忍，只有吃了大內秘製的藥丸才沒事。先祖如實相告。

「恩人拿出一包黑色的粉末，說每一個錦衣衛都中了江湖奇毒，只有殭屍粉能夠化解。人內秘製的藥丸裏面，就有殭屍粉的成分。恩人把殭屍粉的配製方法教給了先祖，還給了先祖一本尋龍問穴的風水奇書，要先祖辦完事之後離開京城，找到恩人的後人，一起逃到鄉下隱居起來。有那本書在手裏，盜一個墓葬，就足夠幾代人吃喝的了……」

李大虎聽得入神，情不自禁地問道：「後來呢？」

老地耗子說道：「後來詔獄大火，所有的能人異士都喪身火海。先祖趁夜離開京城，去找恩人的後人。可當先祖趕到時，恩人的後人都被錦衣衛給殺光了，一個都沒活！先祖隱居到鄉下，開始研究那本奇書。按著那本書所指，掏了兩個洞，果然得到大批金銀財寶。」

虎子說道：「挖……挖一個墳墓就……就夠幾……幾代人吃的，那……你還……還幹……幹那……那些事做……做什麼？」

老地耗子苦笑道：「你這就不懂了，人一生下來，就註定了的，所謂生死有命富貴在天。該是你的怎麼逃都逃不掉，不該是你的，怎麼得都得不來！幹我們這一行，最怕的就是遇到墓神，就算保住命，也會被詛咒！」

虎子問道：「什……什麼是墓神？」

李大虎說道：「你這都不懂，墓神就是守衛陵墓的大將軍，防止壞人進去盜墓的！若沒有一點真本事，一旦遇到墓神，就會被墓神吸乾血肉，變成一具乾屍！說白了，墓神就是墳墓裏的殭屍！我本來也不知道，是老地耗子告訴我的！」

苗君儒問道：「你的先祖遇到了墓神？」

老地耗子說道：「先祖在掏第二個洞的時候，遇到了一個千年墓神。先祖想起殭屍粉已經不多，決定收服墓神。於是，他和墓神大戰幾百個回合，終於收服了墓神，得到殭屍獠牙。可他也中了墓神的詛咒。後代子子孫孫不但無福享受地下掏出來的富貴，而且都活不過十四歲！」

崔得金笑道：「你這不是活得好好的嗎？」

老地耗子說道：「我祖上自從收服墓神取出財寶之後，家中就遭了大火，生意每況愈下，接著，他那剛滿十四歲的大兒子，掉進河裏淹死了。我祖上看了那本奇書之後，這才明白是怎麼回事。我祖上花了三十年的時間遍訪高人，終於在他六十四歲那年，使他的第八個兒子成功度過了十四歲，要不然還會有我嗎？

人雖然沒事了，可後代子孫都無福享受地下掏出來的富貴，窮得叮噹響！就拿我來說，掏點東西換成大洋，不是丟到賭場裏，就是放進了女人的褲襠。嘿嘿嘿嘿……」

苗君儒說道：「你祖上能找高人破解墓神的其中一個詛咒，就沒想過用另一個方法試試破解另一個詛咒嗎？」

老地耗了說道：「有，再找到一個千年墓神，死在墓神手裏，詛咒就解除了。這就是為什麼我們家世代還在幹這個活的真正原因。掏洞取財寶是次要的，主要還是找墓神破解詛咒，可幾百年過去了，一個千年墓神都沒找到。我這次進皇帝谷，就是想找一個千年墓神。」

苗君儒說道：「陰陽萬物相生相剋，你祖上中了墓神的詛咒，是因為他進入別人的陵墓，亂了陰陽，中了邪氣。其實破解墓神詛咒還有另一個方法，就是行善積德，造福百姓揚正氣，以正氣壓邪氣，詛咒自然破解了。自古哪一朝開國皇帝在登基後，無不大赦天下，減賦稅輕徭役，另外廣修寺院，請高僧超度亡靈，就是這個道理。你所說的洪武皇帝，雖然殺了那麼多人，可不也對很多地方免除三年賦稅徭役，令百姓安居樂業嗎？」

老地耗子似乎明白過來，說道：「苗教授，如果我有命出去，一定照你所說的去做！」

李大虎說道：「說了這麼多，你還沒有告訴我們，你是怎麼知道這裏有明朝皇陵的？」

老地耗子說道：「是我祖上傳下來的，說是大明真正的皇陵不在安徽鳳陽，而在太行山一個神秘的山谷裏，只要找到皇陵，就能解開一個萬古之謎！」

虎子問道：「什……什麼是萬……萬古之謎？」

老地耗子說道：「現在說了也沒用，你們進去就知道了！」

李大虎一拍大腿，說道：「走！」

苗君儒跟上去的時候，突然感覺身後有細微的腳步聲，他轉身一看，卻看不到一個人，只見四五十米遠的樹林邊，有一棵小樹在微微晃動。

在經過洞口時，他看到下面有劃過的痕跡，是幾個字，認出正是他的導師林淼申的字跡。

進了樹洞，就像進了一個大山洞，眼前的光線頓時一暗，可以穿過了樹洞之後，光線仍然很暗，越往前走，連腳下的路都幾乎看不清了。好在進來之前就有了準備，幾個人低聲詛咒著，從背包裹拿出松明，點了起來。

走在最前面的虎子舉著火把，猛地看到一隻大老虎朝他撲來，嚇得「哎呀」一聲跌倒在地。

崔得金眼疾手快，拔出手槍朝前面開了幾槍，依稀只見那個大老虎一動都不動，他舉著火把，壯著膽子一步步走過去，原來是一隻石雕的老虎。他鬆了一口氣，說道：「是一隻石虎，不吃人的！」

在幾支火把的映照下，大家才看清，這邊面前的不只是一隻石虎，在這條厚木板鋪成的道路兩邊，各有兩排石羊石虎和石馬，還有幾根望柱和石翁仲。眼前的這些石雕，與歷代皇陵前面的石雕規格一模一樣。

不錯，從雕刻的手法上看，確實是明朝的。

順著這些石雕往前走，一座巨大的建築物聳立在眾人的面前。可惜光線太暗，無法看清其整體規模。有一排木質台階逐級往上，無論哪朝的皇陵，其地表宮殿的奢華，一點都不亞於皇宮，同樣分為多重宮殿的整體結構方式，只不過由於歷代的戰火侵蝕，保留比較完整的就屬明清兩代。在台階的右側，有一尊三米多高的石人像。

老地耗子低聲說道：「這就是鎮陵將軍！」

只見這尊石像身軀高大，虎背熊腰，豹頭燕頷，穿著盔甲，繡袍邊裝飾著纏枝和花朵圖案，左手握拳，右手持劍，兩眼虎視眈眈，其神態維妙維肖，觀之令人頓生敬畏之心。

老地耗子跪在地上，朝這尊石像拜了幾拜，口中念念有詞，聽不清他在叨念著什麼。

見李大虎踏上台階，苗君儒連忙說道：「大當家的，我看就在這裏住下吧，有鎮陵將軍保護大家，應該不會出事！」

李大虎狐疑地看了石人像一眼，把抬上去的腳縮了回來。既然沒有人反對，那就只好在這裏休息了。幾個人一坐下來，就順勢躺在木地板上，一副疲憊不堪的樣子。其實大家自進谷之後，精神都處於高度緊張的狀態，單單遇到一隻大鼉龍，就把大家累得夠嗆，一旦放鬆下來，就倍感勞累，癱倒了就不想起身。

李大虎用日本刀撬了幾塊木板，劈開當柴燒。在野外宿營，沒有一堆篝火是不行的！

大家圍坐在篝火前吃了一些乾糧，苗君儒開始分配任務：「在這種地方，沒有人守夜可不行，兩個人一組，虎子和老地耗子守上半夜，我和這個姑娘守下半夜，其他人安心睡覺！」

他這麼安排，是想趁大家睡熟之後，與齊桂枝好好談談，再次摸摸這個女人的底。

李大虎首先不同意：「苗教授，你這是說的什麼話？有我們這些大老爺們，還用得著她守夜嗎？我陪你就是！」

其他幾個人也隨聲附和。

見他們不答應，苗君儒只得作罷，不料齊桂枝卻說道：「你們的好意我心領了，我願意陪苗教授守下半夜！大當家的，這一路上，妹子都沒有為大家出過半點力，就讓妹子和苗教授一起守夜吧，求你了！有苗教授在身邊，沒事的！」

李大虎歎了一聲，說道：「好吧！妹子！如果遇到什麼情況，千萬要喊醒大哥！」

連李大虎都同意了，別人還有什麼話說？苗君儒打了一個哈欠，在鎮陵將軍腳邊躺了下來，想著等會怎麼樣和齊桂枝說話，想著想著，就迷迷糊糊的睡去了。

不知什麼時候，耳邊響起細細的聲音：「苗教授……苗教授……」

苗君儒睜開眼睛，見齊桂枝貼著他的耳朵吐氣如蘭，一股女性特有的香味鑽進他的鼻孔裏，令他的心神一陣蕩漾。這一輩子，他只和一個女人有過一次親密，那就是他的初戀情人廖清。以往的考古奇遇中，雖然與別的女人有近距離的接觸，可從來沒有心動過。當下，他不禁自責道：我這是怎麼啦？

還沒等他替自己的疑問找到答案，就聽齊桂枝說道：「老地耗子和虎子不見了！我沒有叫大當家的！」

她最後那句話的意思，苗君儒聽得很明白，他一驚，立馬起身，見其他人睡著，篝火還燃燒著，只是不見了守夜的老地耗子和虎子。他怕吵醒其他人，便低聲問道：「你有沒有聽到有什麼異常的動靜？」

齊桂枝搖了搖頭，說道：「我一醒來就沒見他們了，也沒聽到異常的動靜。」

苗君儒朝四周看了看，台階之上的建築物和絕大部分石雕都籠罩在夜色之中，根本看不清全貌。他的目光落在鎮陵將軍的底座旁邊，見底座與木板之間的縫隙中，插了一支已經燃盡的香。他撚起一撮香灰，在鼻子底下聞了聞，隱約有一絲奇怪的香味。這種江湖上的迷香，他以前就見識過。大家這麼昏睡不醒，都是這支迷香的功勞。幸虧這是空曠的地方，迷香不能完全發揮藥效，否則齊桂枝根本叫不醒他。

這些人裏面會使迷香的，除了老地耗子，不可能是別人。

令他有些迷惑不解的是，虎子是遊擊隊員，老地耗子是土匪，兩個不同陣營的人，怎麼會走到一起去了？

齊桂枝接著低聲說道：「我很晚才睡著，迷迷糊糊的時候，好像聽到他們兩個人在說話，說是進去看看！」

這麼說，虎子和老地耗子有可能上了台階，進入皇陵的地表宮殿中去了。

齊桂枝揀了兩支火把在手裏，期待地望著苗君儒：「你不是想和我單獨一起嗎？走，我們也進去！」

苗君儒往篝火中加了幾根木柴，用青釭劍在篝火旁邊的地板上劃了一個箭頭。李大虎他們醒來後看到這個箭頭，就知道他們的去向了。

兩人輕手輕腳地走上台階，每一步都走得很小心，生怕吵醒下面睡著的人。

走了十幾級，齊桂枝卻又擔心道：「他們睡在那裏，不會出什麼事吧？」

苗君儒說道：「在這種地方，很難說！如果你擔心他們的話，我們不妨把他們都叫醒，大家一起進去，怎麼樣？」

齊桂枝猶豫了片刻，點了點頭。苗君儒回到鎮陵將軍旁邊，把李大虎和崔得金他們都叫醒，說了當前的情況。崔得金的臉色很難看，但沒有吭聲。李大虎卻狠狠地罵道：「他奶奶的，居然敢對我下迷香，要是讓我再見到他，一定饒不了他。」

罵歸罵，還得按苗君儒所說的，大家收拾好行裝，點燃火把一齊進殿。人多壯膽，萬一遇到什麼東西，也好應付。

苗君儒見崔得金掏出手槍，打開了保險，眼睛不住地朝四處張望，不知在找什麼。

每上十八級台階，就有一個小平台，平台的兩側各有兩個與真人一般大小的石翁仲，左文右武。苗君儒刻意在兩邊的石翁仲上面看了看，並沒有發現導師林淼申留下的印記。

走到第八座平台時，漸漸可以看清大殿的外形了。大殿的外形與南京明皇宮的奉天殿極為相似，但給人一種很怪異的感覺。

崔得金低聲說道：「你們有沒有感覺到，背脊上涼颼颼的！」

每個人都覺得背脊涼颼颼的，仗著人多，手裏有槍，硬著頭皮往上走。苗君儒把青釭劍抽了出來提在手裏，警惕地注意著周圍的動靜。第九層平台要比其他八層寬大許多，台階分為左右兩排，中間是浮雕的龍騰丹陛。

台階上面就是大殿的正門，正門的左右各有一條迴廊，迴廊的外沿有一排廊柱，每一根廊柱的直徑超過一米，一人合抱不過來，廊柱上同樣是盤龍浮雕。龍騰是皇家的象徵，除了皇宮和皇陵，一般的建築物上不敢擅用，否則對皇帝大不敬，要誅九族的。

兩扇正門都大開著，裏面黑漆漆的，不知道有多大，從裏面飄出一股腐屍般的臭味，令人噁心。苗君儒正想著要不要進去，只聽得裏面傳出一聲槍響。大家的臉色同時一變，不約而同地往裏面衝。

進門之後，大家在大殿內搜尋了一個圈，別說人，就連蟲子都找不到一隻。明明聽到裏面傳出槍聲，怎麼就看不到人呢？

苗君儒禁不住說道：「奇怪！」

皇陵的地表建築物，每一座大殿內，都有神像和供桌，上面豎著牌位，可是這座大殿內空蕩蕩的，除了幾根柱子外，連張椅子都沒有。和外面一樣，大殿內的地面也是木板的，在火把的映照下，泛著黑色的光澤，更加顯得有幾分詭異。

崔得金叫道：「大家注意腳下，看看有沒有血跡或者子彈殼什麼的！」

大家舉著火把，分頭仔細尋找血跡和彈殼。不料突然刮起一陣怪風，把所有人的火把都吹滅了。就在大家不知所措的時候，一聲淒厲的慘叫，聽得眾人頭皮發麻。

苗君儒飛快從背袋裏拿出手電筒，循著聲音照射過去，只見一個遊擊隊員七竅流血，雙手瘋狂地亂抓著，踉踉蹌蹌地往前走了幾步，「噗通」倒下。其他人見狀，嚇得拔腿朝殿外跑去。

李大虎的腿腳最快，他剛跑出大殿，就見台階下面出現兩支火把，火把移動的速度很快，忙把手槍一抬，大聲喝道：「你們是什麼人，再不說話我就開槍了！」

說著，他瞄準了那兩支火把……

第十章

鎮陵將軍身後的哭聲

崔得金冷笑道：

「大家都知道這地方很邪門，還用得著你說？」

老地耗子說道：「你們不知道，在你們睡了之後，

聽到一陣小孩子的哭聲，就在那尊鎮陵將軍的後面，

我叫虎子不要走過去看，可他就是不相信，

結果差點出事……」

就在李大虎正要扣動扳機的時候，聽得下面傳來一個沙啞的聲音：「大當家的，是我！」

是老地耗子！

還沒走出大殿的苗君儒，也聽出是老地耗子的聲音。他衝出大殿，見下面跑上來兩個手持火把的人，正是老地耗子和虎子。

苗君儒心中暗驚，醒來之後不見了他們，還以為他們進殿了，哪知卻在後面？

李大虎罵道：「老地耗子，我他媽崩了你……」

苗君儒搶上一步，把李大虎持槍的手往上一抬，「砰」的一聲槍響，子彈射到屋簷上，擊碎了一些瓦片，嘩啦啦地落下來。

李大虎把槍一晃，問道：「苗教授，你這是做什麼？」

苗君儒對李大虎說道：「大當家的，不要這麼衝動，問清楚再說！」

老地耗子嚇得往台階上一趴，連說話都結巴了：「大……大……當家的，你……你這是怎……怎麼了？」

李大虎大聲道：「你奶奶的，敢對我下迷香！」

老地耗子說道：「我……我沒……沒呢？什……什麼迷香？」

虎子踢了老地耗子一腳，罵起來：「你……你學……學我……」

老地耗子叫道：「我……我這是嚇的……大當家的想崩了我！你瞎起什麼哄呀！要不是我，你的小命早就沒了！」

苗君儒走下台階，扯起老地耗子，說道：「不是叫你們守上半夜的嗎？你們跑到哪裏去了？」

老地耗子喘著氣說道：「苗教授，麻煩你叫大當家的先把槍放下，他那槍很容易走火！」

等李大虎把槍收起後，老地耗子才說道：「這地方很……邪門！」

崔得金冷笑道：「我們大家都知道這地方很邪門，還用得著你說？」

老地耗子說道：「你們不知道，就在你們睡了之後，我們聽到一陣小孩子的哭聲，就在那尊鎮陵將軍的後面，我叫虎子不要走過去看，可他就是不相信，結果差點出事……」

睡覺的時候，苗君儒就躺在鎮陵將軍的底座下，他一向都很警覺，一絲異常響動都能使他驚醒，可能是那支迷香，令他和別人一樣睡得那麼死。他看了一眼，見虎子的胸脯劇烈起伏，和老地耗子一樣喘著粗氣。從下面一直跑上來，一百多級台階，一般人早就累得趴下了。

虎子說道：「我……我只……只想走過……過去看看……」

崔得金說道：「虎子，聽你說話太吃力，還是讓老地耗子說吧！」

老地耗子走到李大虎面前，說道：「苗教授讓我們守上半夜，就點了一枝香，插在鎮陵將軍的底座邊上，一來給鎮陵將軍上上香，二來我也知道時間，一支香燒完大約是一個小時。打算燒完六支香，就叫醒苗教授……」

苗君儒說道：「可是我在鎮陵將軍的底座邊，才發現了一支香，而且香灰裏有迷藥成分！」

李大虎說道：「老地耗子，這是怎麼回事？你要是說不清楚，老子崩了你！」

老地耗子的臉色大變，說道：「不可能，我前後明明點了五支香，不信你們問虎子，我要是有半句假話，就讓大當家的崩了我！」

虎子說道：「是……是五支……第……五支剛……剛點著……就……就聽到小……小孩子……的哭聲……很……很淒慘的……所以……」

老地耗子接過話頭說道：「所以他就想過去看看了，我怕他出事，就跟他一起過去！再說了，哭聲就是從鎮陵將軍身後傳出來的，萬一有什麼情況，大聲把大家喊醒就是了……」

崔得金問道：「你們見到那個孩子沒有？」

苗君儒想不到崔得金會問這樣的弱智問題，有哭聲不代表真是有孩子，有的妖孽和怪物也能用聲音蠱惑人。

不料老地耗子卻說道：「是一個孩子，才幾個月大，用破棉襖包著，就放在鎮陵將軍的後面。我們都覺得很奇怪，虎子還把孩子抱起來。可就在這時，我們看到離孩子不遠的地方有一道人影。我轉身點了支火把，才看清地上躺著一個女人。那個女人看上去二十多歲，穿的衣服很少，好像很害怕我們。還沒等我們問她的話，她起身像瘋子一樣朝我們撲過來，我還沒來得及拔槍，就見她把孩子搶了就跑，我們兩個在後面追。

「誰想到，我們兩個大老爺們，連一個女人都追不上，追著追著，之後，居然迷了路，眼見四周到處都是木樁，每一根木樁上，都放著一顆骷髏頭。我們嚇壞了，轉身就跑，兜了很久，總算回到了睡覺的地方。沒曾想你們都不見了，連篝火都滅了。我們不知道你們去了哪裏，正尋思著要不要回去，就聽到槍響。所以……」

剩下的話，不需要他再說了。李大虎問道：「這麼說，那支迷香不是你點的？」

老地耗子說道：「當然不是我點的。大當家的，我對天發誓，如果是我點的，就讓我立馬死在這裏，屍骨無存！」

迷香肯定是有人點的，老地耗子發毒誓，就是要證明自己的清白。點迷香的人之所以點起迷香，就是想迷住別人，這麼做的目的是什麼呢？

苗君儒思索了一下，有些想不明白，於是說道：「老地耗子，不管迷香是不是你點的，我看這件事就算了。現在我問你，你們真的看清了，那個女人和孩子是活人？」

虎子說道：「是……是活的，我……我還……還抱了呢！」

老地耗子說道：「一大一小絕對是兩個活人，錯不了。那個女人逃走的時候，屁股還一扭一扭的，殭屍不可能跑得那麼利索！小孩子還在他的手上尿了，正宗童子尿，避邪的，你們聞聞！」

苗君儒湊過去，聞到一股嬰兒的尿味。小孩子的尿味和大人的尿味是不同的，一聞就能夠聞出來。

老地耗子說道：「在這種地方，居然還有活人，你們說邪不邪門？」

李大虎凶道：「邪什麼邪？我們不都是活人嗎？要說死人，裏面躺著一個呢！」

大家這才想起離奇死掉的遊擊隊員，屍首還在大殿裏呢！

每個人手上的火把重新燃起，一齊朝大殿內望去。想起剛才那個遊擊隊員死時的樣子，誰都不敢先進去。

見其他人不敢動，苗君儒一手拿著手電筒，一手持劍，走了進去。他來到遊擊隊員倒地的地方，卻沒有見到屍體，地板上很乾淨，連一滴血跡都沒有，但是腐臭的空氣中卻有一絲絲淡淡的血腥味。

屍首呢？去哪裏了？

其他人陸續進來，找遍了大殿的每一處角落，都沒有找到屍體。

李大虎用刀在幾根柱子上劈了幾刀，以為柱子會像谷口小廟裏的柱子一樣流出血來，可除了飛起的木屑外，並沒有異常的情況。

苗君儒說道：「大家不要分開！」

所有的人都聚攏來，連火把都聚在一起。

老地耗子抬頭看了一眼，驚叫道：「你們看那是什麼？」

一具具的屍體在大殿的頂上，像掛葫蘆一樣懸掛著，無風自動，在空中輕輕地晃來晃去。

苗君儒用手電筒照了照，只見那些屍體，有的乾枯萎縮，有的未完全乾枯。那具遊擊隊員的屍體，就懸掛在離他們不遠的上方。屍體的身上都穿著衣服，不同時代的屍體，衣服的樣式也不同。最早的屍體是明朝的，有穿著鎧甲的官兵，也有身著布衣的普通人。

從這些屍體的服飾上不難看出，這麼多年來，不斷有人進入皇帝谷，喪身於此。

其中有幾具屍體引起了他的注意，他的右腳往地板上一跺，身體騰空而起，揮起手中的劍。當他落下來的時候，幾具屍體同時落在地上。

那幾具屍體中，有兩具身上穿著八路軍的服裝，而另外的兩具穿著日本人的軍服。還有一具乾屍，則是一身的錦服官袍。乾屍落到地板上時，身上的錦服官袍像爛絮一般散開，屍體腰間的一塊金屬牌子露了出來。

苗君儒撿起那塊牌子，低聲道：「是錦衣衛千戶，和老地耗子的祖上一樣的官！」

他又在那兩具穿著日本人軍服的屍體上搜了一下，掏出幾樣東西來。有香煙洋火，還有大洋和照片。照片有些模糊，但仍可看得清，照片中有一男一女和兩個孩子，男的英俊威武，穿著一身國軍的軍官服，女的溫文爾雅，一副小家碧玉的模樣。

苗君儒低聲說道：「他們不是日本人！」

李大虎問道：「你肯定他們不是鬼子？」

苗君儒把照片給大家看，說道：「你們看清楚，照片裏的人是中國人。如果死者是鬼子，他不可能把中國人的照片帶在身上，還有這香煙，日本人是不抽的！」

李大虎問道：「如果他們是國軍，為什麼要扮成鬼子？」

苗君儒說道：「這我可不知道了！」

他抬頭望著上面的屍體，屍體是誰掛上去的，怎麼掛上去的？沒有人知道答案。一陣突如其來的恐懼，緊緊地攫住了他們的心。

崔得金朝四周胡亂開了幾槍，大聲罵道：「不管你們是人是鬼，有本事出來呀，面對面較量……」

李大虎高舉著火把，說道：「管他們是人是鬼，大家退出去，點一把大火，我就不相信燒不死！我就當一回西楚霸王，火燒皇陵！」

他的話音剛落，苗君儒瞥見一道黑影淩空撲下來，忙叫道：「小心！」

大殿內響起一陣槍聲，開槍的不止一個人。

苗君儒看到那道黑影時，李大虎和崔得金他們都看到了，幾個人同時舉槍，一齊朝黑影射擊。那黑影身中數槍，往前衝了幾步，撲倒在地，大家看清原來是一隻長毛大猴子。眨眼間，又有十幾道黑影撲下來。

苗君儒用電筒一掃，見都是長毛猴子。與一般猴子不同的是，這些猴子眼冒綠光，模樣兇狠，動作靈敏，不嘶不叫，有兩隻手裏居然還倒提著槍。先前聽到的那聲槍響，想必就是猴子玩弄槍支發出的。

李大虎他們一邊開槍，一邊退出殿外。

苗君儒正要隨著大家一起退出去時，突然感覺右側一股勁風襲到，心中暗叫不好，身體本能地伏倒在地。在他還沒起身時，耳中突然聽到一陣關門聲，抬頭時，見大門已經關上了，他迅速起身，用手電筒往周圍照了一下，有兩隻猴子堵住了他的退路，另外幾隻猴子包抄過來，將他圍在中間，朝他齜牙咧嘴地示威，作勢要撲上來。

外面傳來齊桂枝的叫聲：「苗教授還在裏面呢！」

苗君儒朝外面喊道：「不要管我，你們先下去。如果過十分鐘我還沒出去，你們就放火！」

他的話一說完，聽到外面的腳步聲漸漸往下去了。他右手緊緊握著青釭劍，打算奮力一搏。以他的功夫，對付這十幾隻猴子，應該不在話下。那些猴子似乎看出他不好對付，不急於進攻，而是慢慢往前逼。僵持了半分鐘後，他看出了一點門道，當手電筒的光線掃到猴子身上時，猴子下意識的後退幾步，似乎有些畏懼。

手電筒的光與火把的光不同，而且能聚光，眼睛一旦被照著，瞬間就花了。這些猴子只見過火把，對於手電筒這樣的稀罕物，還是第一次見，以為是什麼很厲害的武器。

一隻個頭稍大、穿著鎧甲的猴子從黑暗中走上前來，綠幽幽的眼睛盯著苗君儒。這隻大猴子的胸前掛著一塊金屬牌子，上面刻著「鎮陵將軍」四個字，字體和雕刻手法，與他口袋中的那塊錦衣衛牌子一模一樣。

每一群猴子都有一隻猴王，苗君儒面前這隻大猴子，應該就是猴王了。他也盯著猴王，但眼角的餘光卻觀察著周圍的動靜。猴子是很聰明的動物，說不定會暗中偷襲。

盯了片刻，大猴子朝苗君儒伸出手，樣子有些友善，好像要與他握手。

就在苗君儒考慮要不要放下武器，與這隻大猴子來次親密接觸時，就見大猴子的嘴巴張了張，沙啞的聲音傳了過來：「回去吧，趁你們還有機會！」

奇怪，猴子居然會說人話。苗君儒定了定神，說道：「我是來找人的，找到了就回去！」

大猴子說道：「這裏沒有活人，只有死人，你還是回去吧！」

苗君儒說道：「如果我們不回去呢？」

大猴子說道：「那就讓你們一個個死無葬身之地！」

苗君儒的嘴角微微露出一抹笑意，若是一個普通人，在這樣的情形下，早已經嚇得魂飛魄散，哪裏還顧得上去分辨說話的到底是猴子還是人呢？但是他不同，他是經歷過許多次奇遇的考古學者，不但膽子比一般人大，而且看待某些事情，比一般人看得透。所以，他在和猴子說話的時候，已經憑聲音分辨出，真正和他說話的不是猴子，而是人。聲音就來自大猴子身後的陰影裏。

苗君儒心想：只要確定說話的是人，接下來的事情就好辦了。

苗君儒冷笑一聲，左手的手電筒照過去，右手挽了一個劍花，身形已經掠起，朝大猴子的身後撲了過去。

他的行動速度很快，但是猴子比他的反應更快，當他身在空中時，已經有四五隻猴子跳了起來，堵在他的面前。

以他手中這把削鐵如泥的青釭劍和一身的武功，對付這幾隻猴子，絕對不在話下。可當他的劍鋒距離第一隻猴子的脖子不到三寸時，突然往上一轉，從猴頭上方劃過，削下幾縷猴毛來。

他不是不想殺死這些猴子，而是驚駭地發現，站在大猴子身後說話的人，居然就是離奇失蹤了的醜蛋。

這是怎麼回事？

他避過幾隻猴子的攻擊，輕巧地落在地上。醜蛋就站在他的不遠處，在手電筒光線的照射下，顯得有些驚慌。那幾隻猴子分別落在他的身邊，卻並未對他繼續攻擊。他已經看出，大猴子雖是猴王，可所有的猴子，都聽醜蛋的指揮。

醜蛋迎著手電筒的光，往前走了兩步，說道：「苗教授，你是好人，你還是回去吧！」

苗君儒輕聲問道：「為什麼？」

醜蛋說道：「這種地方，本來就不是你們外人來的！每一個外來的人，都得死！」

苗君儒問道：「以前進來的那些人，是不是都死了？」

醜蛋遲疑了一下，說道：「還有兩個活的！」

苗君儒說道：「那你帶我去見他們！」

他希望那兩個活著的人，其中一個是他的導師，只要把導師救出去，等於完成了一樁心願。醜蛋不讓他繼續往前走，定然也是想幫他，畢竟這種地方兇險萬分，稍不留神就把命丟了。世界上有很多曠古之謎，並不是每一個都能解開的。

他此行考古的目的地是邯鄲，不是皇帝谷，更何況，那幾個學生還在蕭司令那兒等著他呢。

醜蛋露出很為難的樣子，說道：「你見不到他們的，沒有人敢去那裏！」

只要有人活著，就是龍潭虎穴，苗君儒也要闖一闖，他說道：「不管見不見得到他們，你帶我去吧！」

就在醜蛋思索了片刻，要說話的時候，大殿外面火光沖天。原來苗君儒和這些猴子一折騰，早就過了與李大虎約定的時間，李大虎一看情況不妙，就在下面放起了火。所有的台階都是木板，火勢很快就漫延上來。

苗君儒撲到門口，透過門縫朝外面望去，只見火勢熊熊，不消多久，整座大殿都會燒成灰燼，忙轉身問道：「這裏有沒有後門？快走，再不走，就要被燒成灰了！」

醜蛋招手道：「跟我來！」

苗君儒跟醜蛋來到大殿的一個角落裏，只見醜蛋用手往柱子上一拍，只聽得一聲響，面前的地板朝兩邊分開，露出一個大洞來，大洞內有台階順級而下。醜蛋的手腳利索，已經跳了下去，苗君儒緊跟著下去。在他的身後，是那些動作靈敏的猴子。

順著台階一直往下，走了約三四十級，通道往左一拐。順著通道走了一兩百米，眼前一亮，居然來到一個山洞內，山洞的洞壁上插著幾支火把，旁邊有張石桌，桌子旁有幾個石鼓，緊靠著洞壁那邊有張床，床上鋪著一些羊皮，床邊還有一些亂七八糟的家什。

看樣子，這個洞是有人住的。

醜蛋往床上一躺，說道：「先歇會！」

約莫此刻，大火已經燒到大殿了。

這個通道是從大殿下來的，要真的燒毀大殿，也許李大虎他們會發現這個通道……苗君儒關掉手電筒，收起劍，坐在石鼓上正在想著，卻聽醜蛋說道：「苗教授，你怎麼不問我為什麼離開你們的？」

苗君儒看著那隻猴王，緩緩說道：「你們抬棺村的人，世代守護著皇帝谷裏面的秘密，肯定有不讓外人進去的方法。是你告訴我，進入皇帝谷還有另外一條通道。從谷口進米的，是一條死路，所以你們都不願與我們同行，悄悄離開後，從另一條道進來，看著我們一個個死在這裏，我說的沒錯吧？」

醜蛋欠起身，眼中露出一抹得意而又嚴厲的神色，恨恨地說道：「你救了我和守根，我救了你，我們互不相欠！」

她那說話的語氣，完全不像一個小孩子，而似一個老謀深算的成年人。

苗君儒微微愣了一下，他暈倒在谷口的時候，是老蠢和守根他們幾個人救的。從谷口到抬棺村，距離並不算太近，他們去那裏做什麼？難道就是看看有沒有外人進去嗎？守根被人傷成那樣子，卻不敢說出到底是什麼人傷的，而村民們想要至他於死地的做法，可以說明一個問題，那就是他一定做了什麼對不起村民的事。

還有比洩露皇帝谷的秘密更令村民憤怒的事情嗎？如果殺守根的是老蠢他們，那麼，守根究竟向誰洩露了皇帝谷的秘密呢？

是在收魂亭見過的那個背影，還是別人？

他問道：「守根他還活著吧？」

他雖然暫時救了守根，卻難保離開後，村民們還是不放過守根。

醜蛋說道：「你們活著，他就得死，你們死了，他才能活著！」

不錯，要想保住守根的命，就得讓洩露出去的秘密成為永久的秘密。

苗君儒說道：「老蠢派人帶我們進谷，就是想讓我們都死在裏面。只要我們一到谷口，他們的任務就完成了。其實你和齊桂枝沒必要跟來的。」

醜蛋冷笑道：「你以為那個姐姐是個好東西嗎？在你們離開村子之後，我見到她溜到村西頭的墳地那邊去了，她是去見一個人，那個人穿著一身黑色的衣服，但沒看清長得什麼樣。她一發現我跟蹤她，就把我抓住，要我和她一起來找你們。」

照醜蛋這麼說，齊桂枝是去見了一個人之後，才決定要和大家一起進谷的。如果醜蛋不答應，她有可能殺醜蛋滅口。那個和她聯絡的人，會不會就是那晚在收魂亭和崔得金說話的人？如果是，她和崔得金到底又是什麼關係呢？苗君儒想到這裏，說道：「崔幹事住進你們村裏之後，平時都幹些什麼？」

醜蛋說道：「經常去山上蹓躂，還幫著我們種地，偶爾離開村子，一般幾天就回來。聽老蠢說，外頭的村子都住著八路軍，每個村都一樣。只不過有的村多，有的村少。」

苗君儒問道：「難道他就沒有向你們打聽皇帝谷的事？」

醜蛋說道：「肯定打聽了。有一次他還要我帶他們到收魂亭那裏，住了一個晚上呢！去年他們還在皇帝谷住了一段時間，聽說死了不少人！」

苗君儒問道：「你們住在收魂亭的時候，沒有人被收魂？」

醜蛋笑道：「不是每一次住在那裏的人都會被收魂的，得看什麼時候。聽村裏說，只要月亮出來，人才會被收魂，有的人命硬，收不走！」

太陽屬陽，月亮屬陰，許多異類必須依靠月亮的至陰精華，才能不斷成長。很多地方的靈異現象，都與月亮有關。苗君儒見這些猴子在洞內蹦來蹦去，問道：「猴子是你們養的，專門用來殺人？」

醜蛋一本正經地說道：「猴子是谷裏的，是鎮陵將軍，聽說是皇帝封的。就住在大房子裏面，牠們吃蛇，所以身上有毒，被牠們抓一把或者咬上一口，會七竅流血而死。」

動物都有自己的地盤意識，最忌外人闖入，那個死狀恐怖的遊擊隊員，一定是不小心被猴子抓了一把，才毒發身亡。

苗君儒一直認為皇帝谷裏的皇帝是曹操，可所見到的皇陵卻是明代的。醜蛋說猴子吃蛇，可他進谷到現在，也沒有見到一條蛇，倒是見到一隻千年大鼉龍和一群吃人的鱷魚。

他想起在谷口聽到的詭異哭聲和笑聲，問道：「我們在谷口的時候，你弄出那些聲音來，就是想嚇我們，對不對？」

醜蛋沒有說話，等於是默認了。

苗君儒還想問，只見一隻小猴子從通道內竄出來，朝猴王嘶叫起來，猴王立即望著苗君儒，眼露凶光。醜蛋忙起身攔到苗君儒面前，朝猴王嘰哩咕嚕地說了一通。或許看在熟人的面子上，猴王並沒有對苗君儒發飆，但眼中仍有憤怒之色。

醜蛋說道：「那些人把大房子燒了，鎮陵將軍不會放過他們的。那頭的洞口塌了，他們進不來！苗教授，我帶你出去！」

苗君儒說道：「帶我去見那兩個活著的人……」

他很想知道，為什麼其他人死了，就他們兩個人活著。既然活著，就肯定有活著的理由。

醜蛋說道：「苗教授，你不能去那裏，你會死的。我還是帶你到泉水那裏，讓你帶幾壺泉水回去吧！」

苗君儒說道：「就見他們一面！我答應你，能救就救，如果救不出，我就和你一起離開，好不好？」

醜蛋思索了片刻，說道：「我和鎮陵將軍商量一下，如果牠能幫你，你就有活著的希望！」

她轉過頭去，和猴王商量起來。剛開始猴王不答應，可經不住她再三要求。她見猴王同意了，對苗君儒說道：「到時候不管你看到什麼，都不能說話，千萬要記得。」

苗君儒點了點頭。

猴王在前面帶路，朝另一條通道走去。苗君儒和醜蛋緊跟其後，其餘的猴子都跟在他們的後面。

這條通道與來時的通道不同，要矮許多，得弓著腰走，洞壁是開鑿出來，腳下的地面坑坑窪窪，每隔一段路，洞壁上就有一處凹進去的小洞，洞內有一盞油燈，從油燈的式樣上看，為漢末弧形盤龍青銅油燈。這種式樣的油燈，一般只有宮廷和豪門貴族中才有。他以前挖掘過一個漢代貴族的墓葬，在裏面發現這種式樣的油燈。油燈儘管不亮，但可照見腳下的路。

猴子騰跳起來速度很快，但正兒八經像人一樣走路，卻像八九十歲的老太太一般，一搖一擺地走得很慢。

走了約二十分鐘，猴王停了下來，在洞壁上一按，洞壁轟隆一聲，開了一道門，從裏面透出亮光來。

一進去，苗君儒就看出這是皇陵的地宮。在他的正前方有一個石台，檯子上放著兩口長約五米、高約一點五米的巨大金絲楠木棺槨，棺槨上蓋著七彩金絲繡龍騰錦緞。地宮的角落裏堆放著一些金銀和陶瓷器皿，其中有不少做工精細的元代宮廷物品。隨便拿一件出去，都能賣數千大洋。

在棺槨的兩側，各有一個屈膝抬臂彎腰的塑像，塑像為菩薩模樣，頭上梳數根髮辮，戴著象牙佛冠，身披珠子串成的瓔珞，她們雙臂左右張開，手心上各托著一盞油燈，油燈比通道內油燈要大許多。

這不是菩薩。菩薩面部的表情是端莊而神聖的，而這兩尊塑像的臉部表情卻充滿了挑逗與嫵媚。朱元璋雖是一代皇帝，但他的膽子再大，也不敢褻瀆菩薩。那兩尊菩薩模樣的燈具，其實是按照元代宮女的形象製造出來的。元朝的皇帝都很荒淫，且崇信佛教和道教，經常命宮女扮成菩薩的模樣跳舞，完事後供皇帝和胡僧們淫亂。

用元朝的宮女來做祖上陵墓內的燈具，也虧朱元璋想得到，他這個誅殺元朝的大人物，心裏想著的一定如何作賤被他滅掉的元朝。

在棺槨的下方有一張供桌，供桌上擺放著兩塊大靈牌，其中一塊上寫：**熙祖裕皇帝之靈位**，另一塊上寫：**恒皇后侯氏之靈位**。

苗君儒看過之後大驚，果然是明朝的皇陵。他以為這裏是朱元璋的真身墓，沒曾想卻是朱元璋的祖父。

在明史中，朱元璋稱帝之後，追封其祖上為帝。這熙祖裕皇帝就是朱元璋的祖父朱初一，江蘇句容人，後遷居到盱眙，死後葬在盱眙。朱元璋在盱眙重修祖陵是假，移葬是真。只是他不明白的是，朱元璋為什麼要將其祖父母移葬到這裏，這麼做有何目的？這處外人都進不來的皇帝谷，朱元璋又是如何派人進來修建皇陵的呢？

歷代的皇陵地宮，都裝有防盜措施，普通江湖盜賊是無法進入的。當年孫殿英盜挖清東陵，從看守東陵的太監口中逼出地宮的真正入口，費了九牛二虎之力，死傷好幾十人，經過四道石門，才得以見到棺槨。可是現在，苗君儒僅僅跟著猴王，經過一條在山內開鑿出來的通道，就直接進入地宮見到棺槨了。

那條通道是什麼人開鑿出來的？猴王為什麼這麼熟悉呢？

棺槨的右側有一扇小門，過了小門，又是一間地宮。不過這間地宮比剛才那間要小許多，幾口不大的棺槨並排放在一起。沒有供桌，幾口棺槨的旁邊，還有十幾具整齊的女性骸骨。這應該就是陪葬的了。朱元璋死後還用了不少宮女和後宮妃嬪殉葬，他建這座皇陵時，一定想過弄幾個漂亮的女人在九泉之下服侍祖父，也不枉他的追封謚號。

過了這間陪葬室，直接進入一個小空間。與另兩處地方不同的是，這個小空間確實很小，約莫四五個平米。裏面既沒有棺槨，也沒有陪葬品，只有一張靠牆的太師椅。太師椅上坐著一個人，準確地來說，應該是一具骸骨，一具穿著鎧甲的骸骨。

猴王來到骸骨面前，像人一樣跪了下去，居然嗚嗚地哭了起來。

從鎧甲的式樣上看，是明初的大將。亂世出豪傑，元末明初是武將輩出的年代，朱元璋坐穩江山後，官封國公王侯的就有數十名，而千戶以上的將領，不知道有多少。

坐在太師椅上的這具遺骸究竟是誰，一時間無從考證。依常理判斷，能夠替朱元璋鎮守祖陵的，絕對不是什麼小人物。

醜蛋說猴王是鎮陵將軍，可苗君儒卻不那麼認為，以朱元璋的性格，是絕對不會讓一隻畜生當鎮陵將軍的。真正的鎮陵將軍，應該就是這具骸骨，而跪在地上的猴王，十有八九是鎮陵將軍的寵物。

如果真是這樣，那麼，這隻猴王最起碼活了五百年。一隻普通的猴子，其壽命不過十幾二十年。活了五百年的猴子，真成猴精了。

苗君儒不由得想到：若猴王是靠喝不死神泉中的泉水，才活了這麼久，那抬棺村的人呢？豈不是一個個都是不死神仙？

想到這裏，他頓時覺得腦袋大了許多！

猴王哭了一陣，起身站到一旁，用手抹著眼淚。苗君儒走到骸骨的面前，雙手合什，躬身施了一禮。

他這麼做，按江湖上的規矩，其實就是一個禮數。到了人家的地盤，總不能不給人家面子，要是惹怒了人家，跳起來跟他糾纏，那就麻煩了。老地耗子在外面跪拜的是鎮陵將軍的雕像，而他在這裏，是對著真身施禮。鎮陵將軍泉下有知，也會對他禮讓三分。

就在他轉身的時候，突然看到骸骨的右手上抓著一樣東西，是一塊金屬牌子，儘管看不到牌子上的字，但是他肯定，和他口袋裏那塊錦衣衛的牌子，是一樣的。

莫非鎮陵將軍是錦衣衛？

朱元璋誅殺大臣們的時候，對那些有功之臣，已經失去了昔日的情分，能夠信任和完全控制的，就只有錦衣衛了。派一個貼心的錦衣衛當鎮陵將軍，不失為上策。

吊在大殿內的那具錦衣衛乾屍，又是怎麼回事呢？難道明朝後面的皇帝，又派人來了這裏？

錦衣衛的牌子都是掛在腰間或是藏在衣服內的，這具骸骨為什麼要把牌子拿在手裏，這麼做到底是什麼意思？醜蛋見苗君儒愣著，忙扯了一下他的衣袖。

苗君儒醒悟過來，暗叫一聲慚愧。在這種地方，是由不得他這個考古學家對任何物件進行考古分析的，他望了猴王一眼，見猴王的眼神沒有原先那麼怨毒，和善了許多。

每一隻陸續走進來的猴子，都對著骸骨跪拜行禮。從牠們動作的整齊和嫻熟程度來看，絕對不止一次來這裏跪拜。

也許在猴子們的眼中，這具骸骨就是牠們的祖宗。

苗君儒朝四周看了一下，除了進來的那扇小門外，就沒有第二扇門了。等所有的猴子都跪拜完，猴王這才上前，將太師椅推到一邊，露出後面的一個圓洞來。

與過來的那條通道一樣，圓洞也是直接在岩石中開鑿出來的，洞不大，剛好夠一個人爬進去。進去之後，甬道成斜坡一直往上。

甬道內很黑，沒有光線，黑燈瞎火的大約爬了半個多小時，猴王往前一竄，跳了出去。苗君儒抬頭望去，見洞口透進一些光來。

爬到洞口，他抬頭望去，登時驚呆了。

從洞口望出去，看到一片草地，草地上繁花似錦，清晨的霧氣將周圍的景物籠罩在朦朧之中，若不是草地上出現的慘烈那一幕，這該是一個多麼舒適而充滿無限生機的清晨呢？

苗君儒不是沒有見過動物之間的搏殺，在草原上，他見過蒼鷹撲兔，自空而下氣勢逼人；在叢林裏，見過老虎捕豬，暗中偷襲一擊得手；在荒漠裏，更見過群狼獵牛，如海水洶湧澎湃勢不可擋……動物終究不是人，其殺戮只是為了填飽肚子，不可能像人類那樣進行大規模的殘殺。

在動物的食物鏈中，猴子和蛇是沒有矛盾衝突的。雖說熱帶叢林中的蟒蛇有時會吃猴子，可那也是一隻對一隻，符合動物的生存法則。

可是眼前卻不同，遍地都是蛇和猴子的屍體，沒有一具是完整的。上千隻猴子和數千條蛇攪在一起，猴子有大有小，蛇有粗有細，所有的猴子通體黑色，而蛇則是紅黃白花，五色俱雜。幾隻猴子圍住一條蛇，被圍攻的蛇將身體盤成一圈，只守不攻，稍有疏忽就會被猴子一前一後扯住，眨眼間扯為數截。

同樣，幾條蛇圍攻一隻猴子，被圍攻的猴子左衝右突想衝出重圍，可沒等衝出幾步，就會被蛇纏住手腳，瞬間被撕扯成幾塊軀體。這些猴子似乎不懼蛇毒，有的被毒蛇咬中，反而抓住毒蛇，放入口中亂咬，直咬得嘴角鮮血淋漓，蛇肉紛飛。

雙方如同戰場上的士兵一般以死相拚，鮮血將草地染成了紅色。這場混戰不是一兩天才發生的，有的殘肢正在腐爛變臭，而有的則已經變成一堆白骨。空氣中瀰漫著一股令人作嘔的屍臭。

猴王站在旁邊，就像一個坐鎮指揮的將軍，目露凶光，卻冷冷地看著面前的景象。苗君儒跳出洞口，無比驚訝地看著。

醜蛋出來後，大叫道：「這麼快！」

苗君儒問道：「什麼這麼快？」

沒等醜蛋搭話，那些從洞內爬出來的猴子，作勢要衝上前去，只聽得猴王的喉嚨裏悶哼一聲，那些猴子一隻隻乖乖地站在猴王身後，像一群忠實的侍衛。

草地上的殘殺仍在繼續著，沒有慘叫和吶喊聲，只有濺血和肢體的落地聲，聽得人頭皮發麻。

大家都看著前面的猴蛇大戰，苗君儒想知道醜蛋說那句話的含義，可醜蛋不願說，他不好再問。

草地上的搏殺尤為激烈，猴子在數量上不及蛇群，連懷抱著小猴的母猴都上去了，猴子身手敏捷跳躍自如，加上不少猴子的手中握有兵器，像古代的士兵一般左刺右劈。所以，從整體戰局上看，蛇群並沒有占上風。

猴王的神色很平靜，默默地觀察著戰局。

光線突然一暗，苗君儒抬頭望去，見空中出現一團烏雲。準確地說不是烏雲，而是一條木桶般粗細的大蛇。說牠是蛇，是因為牠不像龍，沒有角和四肢。但牠與普通的蛇也不同，雖沒有四肢，卻有一雙大翅膀，頭部沒有角，如同被激怒的眼鏡蛇一樣扁平，尾巴像魚尾，在空中左右搖擺著。兩顆銅鈴般大小的眼珠，放射出紅色的光芒。

見過不少奇珍異獸和遠古神物的苗君儒，當下吃驚不小，像這樣的蛇，他還是第一次見到。莫非在月光下看到的那股沖天妖氣，與這條飛蛇有關？

他聽法國的一個動物學家說過，在白堊紀的後期，有一些進化的動物，在那場世紀浩劫中存活了下來。現今地球上有不少動物種類，其祖先可追溯到白堊紀。這名動物學家還斷言，在地球的某些神秘的角落裏，有一些未被人類發現的遠古遺留物種，只是這樣的言論，受到不少同行們的質疑。

他很贊同這個動物學家的觀點。眼前這條龐然大物，像他之前見過的那些奇珍異獸一樣，也是遠古遺留的物種。

在中國古代的一些典籍中，能夠找到這種飛蛇的身影。《爾雅・釋魚》中稱：「螣，螣蛇」。郭璞注：「龍類也，能興雲霧而遊其中」。《荀子・勸學》

中也有「螣蛇無足而飛」的句子。

有些古籍裏面的螣蛇圖畫，就是一條背生雙翼的大蛇。雖然現代人對古籍中所描述的神獸都持否定態度，那是他們沒有見過的原因。在遠古時代，這種背生雙翼的大蛇，是人類的朋友，或許還是人類出行的工具呢！

容不得他多加思索，螣蛇在空中盤旋一陣之後，朝猴王這邊撲了下來。

螣蛇距離苗君儒還有十幾丈的距離，突然一股強烈的腥風平空而至，吹得人幾乎站不住腳。身旁黑影一閃，猴王已經凌空撲了上去。其餘的猴子則紛紛加入戰團。

醜蛋見螣蛇來勢兇猛，嚇得「哎呀」一聲，轉身要鑽進洞，可惜終究慢了一步，不知從哪裏冒出一條花斑大蛇，攔腰把醜蛋捲住，蛇頭張開血盆大口就要當頭咬下。

說時遲那時快，苗君儒抽出青釭劍。劍光一閃，蛇頭離開的蛇身，滾落到草地上，蛇身頓時癱軟萎縮，鬆開了醜蛋。

醜蛋的身上濺了不少蛇血，從地上爬起來，驚恐地望著苗君儒，問道：「苗教授，你不怕嗎？」

苗君儒說道：「怕就不來了。」

說話間，數十條蛇朝他們圍了上來，其中兩條碗口粗的蛇，已經佔據了洞口，堵住了醜蛋的退路。醜蛋嚇得躲在苗君儒的身後，連聲叫道：「苗教授，怎麼辦，怎麼辦……」

現在除了奮力一搏外，還能怎麼辦？苗君儒將醜蛋護在身後，手中青釭劍劃出了幾道漂亮的弧形，劍光過後，蛇血如噴泉一般從幾條蛇身噴出，化作一蓬血雨。

青釭劍根本無法阻擋蛇群的攻勢，前面的蛇被削斷，後面的蛇繼續撲上前，如潮水般連綿不絕。苗君儒和醜蛋已經退到石壁下，再也沒有退路了。

這些蛇似乎看出青釭劍的厲害，開始有次序地緊逼，而不是像先前那樣胡亂進攻。當前面的蛇被斬斷時，後面的蛇虛晃著進攻，而左右兩邊的蛇則趁機偷襲。好幾次，毒蛇都已經衝到了他的腳邊，幸虧醜蛋及時提醒，才沒有被毒蛇咬到。

數十條蛇圍成一個半圓形，蛇頭高高抬起，紅色的信子伸縮不定。

醜蛋叫道：「不好，牠們要噴毒了！」

噴毒的毒蛇不在少數，非洲的一種毒蛇，能把毒液噴出三四米遠，眼睛被濺到，就算不死，也會變成瞎子。

就在毒蛇張開口噴出毒液的時候，苗君儒一手持劍，一手扯著醜蛋，右腳往石壁上一跺，騰起兩米多高，堪堪躲過蛇群的毒液。

兩人落到混戰的猴蛇群內，苗君儒手腕一翻，將三條毒蛇砍為兩段。他不想與蛇混戰，只想快點衝出重圍。

苗君儒施展畢生所學，用一溜劍光護住兩人，無論是毒蛇還是猴子，只要碰著劍光，立馬喪命。

兩人退回到石壁下，茫然四顧，不知往何處去。

在空中，猴王與騰蛇展開一場惡戰。騰蛇的體積龐大，氣勢逼人，但猴王身手靈敏，騎在騰蛇的背上，躲過騰蛇頭部的攻擊，專挑薄弱的蛇身下手。猴爪似鋼爪，每一抓都帶起一兩片碗碟大小的鱗片。騰蛇也不是傻子，借助雙翼的飛騰，使身體不斷扭曲和旋轉，躲避猴王的利爪。

只見猴王再一次避過騰蛇的襲擊，右爪在騰蛇的左眼猛抓一把，登時點點血雨飄灑。騰蛇失去一隻眼睛，仰天發出巨吼。

隨著吼聲，空中又出現一大團黑影，另一條同樣粗細的騰蛇加入了戰團。兩條騰蛇忽上忽下，忽左忽右，不停地翻轉攻擊。騰蛇的雙翼帶起的大風在山谷內迴旋，吹得苗君儒的衣衫獵獵作響。

如果猴王單鬥一條騰蛇，或可與騰蛇拚個上百回合，不至於落敗。另一條騰蛇的加入，使得原來的平衡發生了變化。兩條蛇相互配合同時攻擊，使得猴王疲於應付，顯得非常吃力，數次險些被騰蛇咬住，估計熬不了多久。

醜蛋叫道：「苗教授，你要是想見那兩個人，就幫鎮陵將軍殺了那兩條妖蛇！」

苗君儒說道：「你還沒回答我，這麼快是什麼意思。難道你知道會發生這樣的事？」

醜蛋生氣道：「都什麼時候了，你還問這些？要是鎮陵將軍有什麼三長兩短，你和我都會死在這裏！」

苗君儒當然不願意死在這裏，他該怎麼做才能幫到猴王。他手中只有青釭劍，並沒有遠距離攻擊武器，兩條騰蛇在空中飛舞，距離地面有七八丈高，旁邊沒有大樹可供攀爬，身後的石壁陡峭光滑，根本無從落腳。他就是再有本事，也縱不到那樣的高度。除非猴王能把騰蛇引到地上，使騰蛇失去空中的優勢，他才能上前相助。

他閉上眼睛，想用意念與鼉龍談話一樣，和騰蛇進行一次對話，但感應不到半點能夠交流的資訊。

耳邊傳來醜蛋的驚叫聲，他睜開眼睛，見面前又圍了數十條毒蛇，有的已經爬到了腳邊。他驚出了一身冷汗，被毒蛇咬上一口，哪還會有命在？揮劍斬斷幾條毒蛇之後，他不得不考慮對策。

前後蛇群，後無退路，要想擺脫眼下的困境，就得在那兩條騰蛇身上想辦法。擒賊先擒王，只要打敗了兩條騰蛇，蛇群也許會不攻自退。問題是那麼高的地方，他怎麼上去呢？即使他有本事能夠上去，可丟下醜蛋一個人，怎麼對付蛇群？

他想過把劍給醜蛋，將醜蛋拋上去幫猴王解圍，可醜蛋不過是十歲出頭的女孩子，劍都拿不穩，別說救猴王，拋上去等於送死。

就在他無計可施的時候，感覺腳下的地面一陣陣的晃動，原本戰成一團的猴子和毒蛇，不知何故紛紛奪路而逃，有的鑽洞，有的連跳帶爬，有的毒蛇還跟在猴子的背後，完全忘記了剛才還是生死殘殺的死敵。

地面的震動越來越強烈，石壁上不斷有大塊大塊的石頭往下墜，砸死了不少跑到石壁下的猴子和毒蛇。

猴王自空而下，跳了幾跳就不見了。兩條在空中飛翔的騰蛇，也都突然沒影了。

苗君儒的第一反應就是，地震！

太行山沿線處於地震帶上，有地震也是很正常的。

在地震時，最安全的去處就是最空曠的地方，他二話不說，拉著醜蛋往草地中間跑，等他們跑到草地的中間，震動停止了。

剛才還是慘烈搏殺的戰場，除了滿地的殘肢斷骸，就只剩下他們兩個人。有幾處草皮被石頭那巨大的衝擊力掀起，露出下面金黃色的泥土來。

按理說，草地下面的泥土，不是黑色就是灰褐色，黃色泥土很少見。苗君儒並非沒有見過黃土，但是這種金黃色、泛著光澤的泥土，還是第一次見到。他望著那些金黃色的泥土，似乎想到了什麼。

醜蛋問道：「苗教授，你拉著我跑到這裏來幹什麼？」

苗君儒說道：「是地震的前兆，我們得想辦法離開這裏！」

醜蛋笑道：「這有什麼好怕的？我聽那老半仙說，每隔六十年周期，皇帝谷地下的地牛就會翻一次身，在地牛翻身之時，谷裏面的野獸會爭王，只有贏了的野獸，才能成為王，只要進去那個地方見到地牛，吃了地牛給的仙丹，就能成仙飛上天。老半仙說，谷裏的野獸成精的有不少，真正成仙的，那是幾百年前的事了。今天的情況你也是看到了，鎮陵將軍沒有打贏妖蛇，結果是打平了！誰都成不了王！」

地牛翻身是地震的民間說法，已經流傳了幾千年。醜蛋說的話像神話故事，但苗君儒並不質疑。就如地震是地牛翻身一樣，也許真正的實情與醜蛋說的有些出入，只是說法不同而已。

苗君儒問道：「你沒有想到這次地牛翻身的時間，比原來提前了是不是？」

醜蛋像個大人一般，一本正經地說道：「老半仙說地牛是在晚上翻身，現在地牛已經翻身了，牠們得找地方躲起來，否則就沒命了！」

動物在地震時都會逃命，不足為奇。在醜蛋的意識裏，就成了另外一種景象了。

她見苗君儒不吭聲，接著說道：「你不是想去見那兩個人的麼？我現在就帶你去！」

苗君儒說道：「先前你說要鎮陵將軍帶著我才能進去，現在不需要牠了麼？」

醜蛋說道：「那裏是妖蛇的地盤，你是好人，所以我想讓鎮陵將軍帶著你進去，有牠在，你還有活著回來的希望。現在妖蛇都躲起來了，我就能帶你去。說好了，我只帶你到口子上，能不能見到他們，就看你自己！」

苗君儒微笑著點了點頭，他覺得這個神秘而可愛的女孩子，越來越讓人無法捉摸，不知道她對皇帝谷內的事，還知道多少！

請續看《搜神異寶錄》8曹操真墓

搜神異寶錄 之7 帝王秘谷

作者：婺源霸刀
發行人：陳曉林
出版所：風雲時代出版股份有限公司
地址：10576台北市民生東路五段178號7樓之3
電話：(02) 2756-0949
傳真：(02) 2765-3799
執行主編：劉宇青
美術設計：許惠芳
行銷企劃：邱琮傑、張慧卿、林安莉
業務總監：張瑋鳳

初版日期：2017年10月
初版二刷：2017年10月20日
版權授權：吳學華
ISBN ：978-986-352-470-0
風雲書網：http://www.eastbooks.com.tw
官方部落格：http://eastbooks.pixnet.net/blog
Facebook：http://www.facebook.com/h7560949
E-mail：h7560949@ms15.hinet.net
劃撥帳號：12043291
戶名：風雲時代出版股份有限公司

風雲發行所：33373桃園市龜山區公西村2鄰復興街304巷96號
電話：(03) 318-1378
傳真：(03) 318-1378
法律顧問：永然法律事務所 李永然律師
北辰著作權事務所 蕭雄淋律師

行政院新聞局局版台業字第3595號 營利事業統一編號22759935

定價：280元　特惠價：199 元

國家圖書館出版品預行編目資料

搜神異寶錄 ／ 婺源霸刀 著. -- 初版. -- 臺北市：
風雲時代，2017.06- 冊；公分

ISBN 978-986-352-470-0（第7冊；平裝）

857.7　　106006481